时代与肖像

TIMES AND PORTRAITS

王尧 著

江苏凤凰文艺出版社

图书在版编目(CIP)数据

时代与肖像 / 王尧著. —南京：江苏凤凰文艺出版社，2021.6
ISBN 978-7-5594-5716-5

Ⅰ.①时… Ⅱ.①王… Ⅲ.①散文集—中国—当代
Ⅳ.①I267

中国版本图书馆 CIP 数据核字(2021)第 058126 号

时代与肖像

王　尧 著

出 版 人	张在健
责任编辑	孙　茜　李　黎　曹　波
责任印制	刘　巍
出版发行	江苏凤凰文艺出版社
	南京市中央路 165 号,邮编:210009
网　　址	http://www.jswenyi.com
印　　刷	苏州越洋印刷有限公司
开　　本	880 毫米×1230 毫米　1/32
印　　张	8
字　　数	150 千字
版　　次	2021 年 6 月第 1 版
印　　次	2021 年 6 月第 1 次印刷
书　　号	ISBN 978-7-5594-5716-5
定　　价	52.00 元

江苏凤凰文艺版图书凡印刷、装订错误,可向出版社调换,联系电话 025-83280257

目录

那是初恋吗　1

琴声　13

有表姐的那年那月　23

奶奶和她的小镇　33

"我的腿迈不出去"　47

李先生的文言文　59

先生和学生　73

邂逅　83

气功叔叔　93

疼痛的记忆　103

我在未名河的北岸　113

脸谱　127

草鞋·蒲鞋·茅窝	137
能不能开门	143
二黄	149
田爷爷说三国	155
"神经病"	159
返回与逃离	165
熟悉与陌生	191
昔我往矣	213
融入与隔膜	233
后记	250

那是初戀嗎

冬妮娅，那个遥远国度的少女，在我们这一代许多人的阅读记忆中留下了。

和许多人的感受一样，冬妮娅几乎让我丧魂落魄，我甚至觉得我第一次"失恋"是在保尔与冬妮娅两个人分手的时刻。冬妮娅哭了，她悲伤地凝望着闪耀的碧蓝的河流，两眼饱含着泪水。我一直记得小说中的这段描写，我让自己代替了保尔，我看着冬妮娅远去的背影，我也哭了。这一年，我读初二。在这之后，我读到了《卓娅与舒拉》和高尔基的几本小说。卓娅在另一个方向上打动了我，她的气质和我向往的崇高、英雄气概吻合了。

多少年以后，我去俄罗斯访问，终于去了在莫斯科郊外的新圣女公墓。我在那里看到了巨大墓碑上奥斯特洛夫斯基的半身浮雕。在向这位少年心中的英雄致敬时，我也凭吊了那个叫冬妮娅的女孩。在我少年心中与冬妮娅和平相处的还有另一个苏联女孩卓娅。我找到了她的墓地，卓娅裸露着只有一只乳房的胸脯，她的另一只乳房被德军割掉了。卓娅像天使。她哥哥舒拉安息在她的对面，墓碑上的舒拉是位帅气的小伙子。卓娅、舒拉、冬妮娅和保尔，这是我少年时在书本中最熟悉的苏联朋友。

我年少时在报纸和广播里听说的那个王明和赫鲁晓夫，也葬在新圣女公墓。另一个书本上的朋友还有高尔基，我读高尔基时，还不能完全读懂他的《童年》《在人间》和《我的大学》。他的骨灰安葬在克里姆林宫红墙边上。在新圣女公墓，我见到了契诃夫、马雅可夫斯基、斯坦尼斯拉夫斯基和果戈里等。我们又驱车去了托尔斯泰的庄园，他的苹果树上还长着苹果。在读奥斯特洛夫斯基和高尔基时，我还不知道有托尔斯泰和安娜·卡列尼娜。这些人与我的少年无关，如果他们曾经在我的少年生活中出现，我不知道今天的我是不是另一番面貌。

在一个禁锢的年代，我对异性的认识，几乎来自我的阅读。我读到了《苦菜花》中的母亲，读到了《林海雪原》中的白茹，读到了《红旗谱》中的春兰，读到了《野火春风斗古城》中的金环银环，还有《三家巷》中的区桃和文婷。我很奇怪，我们村上的一位青年从哪里找来这些书。这位老兄抽烟，我没有办法给他送烟，谈好的条件是我用一盒香烟屁股，跟他借一本小说。如果大队开会，或者放电影，那是我收获最多的时候，在会议或电影散场后，我捡起地上的香烟屁股。我在小说中认识的女性，几乎都与革命有关。我后来在电视剧《林海雪原》中看到少剑波深情地拉起白茹的手时，还是很不习惯，这个动作把我阅读中关于他们俩朦朦胧胧的美好打碎了。

我感到好奇和诧异的情节，往往是在我有限的生活经验之外的那些。有一天，当那个穿着裙子的上海姑娘在大桥上出现时，不只是我，很多人都"惊艳"了。这个女生并不漂亮，但她的花裙子像一阵风刮着。那一年五月的大水过后，所有的麦子都泡在水里，一直到夏天，整个村子里还散发着霉味。这个穿裙子的姑娘到桥上乘凉时，还有一种特别的香味。她用的雪花膏和我们这边的不一样。在这个姑娘离开之后，村上穿裙子的人多了。我从来没有想象过，我的教室里也坐着穿裙子的女同学。

那个叫小朵的女生插班到我们初二班时，是穿着凉鞋过来的。我们男生女生穿凉鞋的很少，天气特别热的时候，我们都是穿木拖鞋，平时我们都穿布鞋子。小朵的爸爸到我们这边的邮电所工作，她跟着过来了。我和她并没有交往，有一天她发现她坐的是不久前死去的同学的座位，在放学时突然大哭起来。我是班长，就请示班主任同意，跟她换了位置。她问我，你不怕死人？我说，一起长大的，他不会吓我的。这个同学是因肺结核不治去世的，他在课堂上咳嗽时，我们也没有人想到要戴口罩。那时我们也没有口罩，个别有手帕的女生，最多在他咳嗽时用手帕捂着嘴巴。男生很少有用手帕的，偶尔流鼻涕时，就用袖子的内侧擦一下。衣服反正不是很干净，鼻涕的痕迹只有在洗衣服时才会发现。小朵觉得应该送一块手帕给我，一次放学的路上，她突然从书包里拿出一块新手帕给我。我吓得加快步伐往前走了，但从这一天开始，我发现这个插班的女生是有点漂亮。我在一篇未刊稿中，记录和虚构了我对她的印象：其实我并不能说出她哪里漂亮，你甚至能说出她的眼睛、鼻子和嘴巴什么样，但你对她的长相无可非议。一年后，这个插班的女生又到另一个地方的班级插班了。她给我写来了一封信，我记不得内容了，我给她回信了，也记不得内容了。再后来，我们没有联系了，我忙着准备考高中，我们以温暖的方式结束了一段还没有开始的感情。再过了几个月，我拿到升学考试的作文题目：《读书务农，无上光荣》。

我到镇上读高中，开学第二天，我就和镇上的一个女生产生冲突了。记得我们的"交锋"是这样开始的，我的话尚未说好，她就跟在后面学舌：女同学也是半边天嘛。我从乡下来，还说着土话，镇上的同学基本上说着他们认为是普通话的普通话。在她学我说话后，我朝她瞪了一眼。当时，我们这个小组的同学在教室外的走廊上讨论班主任在班会上的讲话。我被指定为班长，正在小组会上发言，发表关于如何度过高中两年的想法。虽然我从小学到初中一直担任班长，但对上高中后仍被老师指定为班长感到意外。我们高一（2）班城镇同学特别多，对我这个来自乡下的男生当班长也是惊讶。因此我对别人的反应非常敏感。我瞪了眼睛后,她又朝我笑笑。我也只能保持风度,没有再吭声。多少年以后,同学叙旧,说到这位女同学,我想起她的笑,真的是笑得很甜。

她坐在我前排,但彼此并不多话。她估计我对她有些不满,便找机会与我和解。一次下课,教室里剩下几个同学,她回过头来对我说:班长,我以前好像见过你,在你姑妈家什么地方。我印象中,也感觉在姑妈家门前见过她,和那时比,她只是轮廓大了,是个姑娘了。姑妈在镇上,但和她家不是邻居。镇就那么大,也许在什么地方见过。我友好地说:可能吧。我接下来就不言语了。

我发现她很能够团结其他女同学,男同学也愿意和她说话。那时,我还不知道用"校花"这个词,现在想想,她确实是一朵校花。她落落大方,始终微笑着的举止,在全年级几乎是独一无二的。但她又娇气。好像老是捏着手帕,到了劳动课上,手帕就不离手了。抬大粪时,一只手靠肩顶着扁担,一只手用手帕捂着鼻子,粪桶一放下,她就逃之夭夭。我想批评她,看她的模样又好笑,就不说什么。心想,天下没有喜欢闻臭味的人。

那时的学校笼罩着一片政治氛围,各类政治活动特别多,一会儿学习,一会儿出专栏,过了几天又是讨论会。为了纪念

"文化大革命"十周年，班级排演文艺节目，我记得是说唱表演，叫"新事要用火车拖"，歌唱新生事物。她参加演出了，形象不错，演得一般，而我原来以为她是个文娱人才。看来她的特长是体育，在操场上英姿飒爽，铁饼拿了名次，短跑也不错。当时她已经是校篮球队队员，我去看过一场她们的比赛。不久听说她在谈恋爱，很快又听说是别人在追她，她本人并不同意。我非常奇怪我会在意她的事情。一次下课，她看我在那儿发呆，问：你在想什么？我说：不知道。她像知道似的朝我笑笑。

我觉得心里烦躁。又有同学说，坐在你前面的那位同学在谈恋爱。这与我有什么关系呢？你是班长就得管。就在那几周，学校发现一些同学在偷偷传看手抄本《少女之心》，班上不少同学看了。有个同学问我看不看，我问写的是什么。同学说，写个少女发育的故事。我赶紧拒绝了。在团支部会上，看的同学都作了检讨。其中一位说：要向某某人学习，给她看，她拒绝了。班主任和校团委老师表扬了她。散会后，她对我说：你不要总是把我当坏人。这一年招收空军飞行员，政治审查时，凡是看过《少女之心》的同学都没有通过政审。学校政教组组长到我们班上讲话了，他说：现在就看黄色的东西，如果有一天做了飞行员，能不能禁得起国民党女特务的诱惑呢？

我们面面相觑。老师又说：你们都要吸取深刻的教训。

因为闹地震，我们班级一半同学回到乡下上课，我也回到村上了。一个星期天，我乘船到镇上有事，船经过油米厂码头时，她正好站在码头上洗衣服，她捧起脸盆时，我们彼此看到了对方，犹豫片刻，几乎是不约而同地喊了对方的名字。船已行远，我回头发现，她还在码头上看我们的船远去。这是我第一次感受到女同学目送我的眼光。

粉碎"四人帮"时，我们已是高二上学期。报纸上的批判文章很多，语文老师拿了一篇《解放日报》批狄克（张春桥的化名）的文章给同学看，问有什么问题没有。我读了以后举手回答，指出文章有几处语法上的问题。语文老师说非常正确。隔天，她悄悄给我写了封信，说很佩服我，并要我为她随信附上的作文提些修改意见。她的字像小学生一样，没有她人漂亮。过了几天，我按照她约定的时间和地方，在校园的一角，把修改后的作文交给她。她已在那儿等我。考虑到影响，我转身就走。她说就不能说几句话吗？我们都开始考虑高中毕业后的前途，她问我的打算。我告诉她，听说要恢复高考，我想上大学；如果不考，就去当兵。她说她可能要插队，又说到时我们再联系吧。她和我开始变成了我们。就在这个星期天，我回到村上，在电影场上突然发现她和另外一个女同学在一起看电影。换片时,杨同学把我喊到她们那边去坐了。我忐忑不安,听得出她的呼吸声,注意力不能完全集中在银幕上。

临毕业前夕,要好的同学之间流行到各家串门,同村的同学把她邀请到我们村上。我们家是兄弟仨,妈妈看到有女同学来特别高兴。她临走时对我妈妈说这儿不错,妈妈说你就做我的干女儿吧。她停了会儿说好的,走时恋恋不舍。毕业离校的前一天,镇上一个男同学请我们几个吃饭,她也去了,还喝了什么酒,大家闹得很凶。男同学的爸爸过来,说了一句:天下没有不散的筵席。我们就散了,在同学家门口,她向西,我向东。

毕业时她还没有定下到哪儿插队,说定下来再告诉我。过了些日子,得知她要到离我们镇很远的一个在海边的国营农场去。我惊讶得不得了,按照当时的政策,她可以插队在本公社某个大队,但农场是国营性质的,可能对她以后的出路有好处。我和一批同学赶到镇上为她送行,她站在大会堂的台上,戴着大红花。她看到我们几个了,朝我们挥手。不久,我就收到她的来信,还随信附了让我回信的邮票。我在回信中对等地用了一个字来称呼她。我记得是母亲养秋蚕时,她从农场回来探亲,特地赶到我家看我。我在另外一个村子做代课老师,接到电话，借了一辆自行车骑车回家。她被海风吹得黑黑的，现在回想起来，她当时的神态好像期待我能够拉一下她的手，但我如同木瓜一样僵硬地站着。等出了庄前的大桥，我和她挥手告别时，我才醒悟过来。

我们频繁地通信。她后来说，那些信件是在她最困难的日子里最好的慰藉，如同当年坐在我的前排读书一样。我相信这是真的。在我落榜的第二年，她从农场回来，我们好像就没再见过。那年春节，她托人给我带来一盒自己家做的炒米糖，后来就没有再联系。我知道这是她和我告别的礼物。我拿到大学录取通知时，她到村上来送我了。我觉得我们好像没有什么话说，我说不出我是什么样的感觉把她送到桥口。对此事最失望的可能就是在九泉之下的外公了，他离开人世时可能还认定这位姑娘是他的外孙媳妇。许多年以后，妈妈告诉我，她来送我时，在她面前哭了。

中学毕业二十年时，一位同学打电话来，问我能不能回去，我说没有时间了。然后他就说起班上同学的近况，又说高中时班上最漂亮的女同学现在如何如何。我印象里最漂亮的女同学就是她。同学说不是她，他说出了另一个女同学的名字。我想，也许没有"最漂亮"这个概念，每个男生记得的大概都是自认为漂亮的女同学。

琴聲

即便是父亲，也忘记了曾经和他短期共事的那位姓"左"的老师。母亲说，她也记不得这个人了。不必说天下之大，熙熙攘攘，就是在我生活的那个村庄，许多人和事都淡忘了。表姐应该记得，但我想起左老师时，表姐已经辞世十几年了。

我在苏州生活了几十年，和许多离开故乡的人一样，会经常回忆起过往。我的乡愁不是落寞，也不是在似乎舒适的现代生活中缅怀曾经的旧日子。在一次文学活动上，需要每一个人写一句关于乡村的话，我记得我写的是：乡村是锄头落地的声音，不是乡愁吟唱的诗。其实，这样表述未必妥当，锄头落地的声音也是诗。

左老师是扛着锄头入住到知青屋的。她站在几个人中间，胸前挂了一朵大红花。从这几个知青由船上跨到码头时的步伐看，他们确实是城里的人。很多人都挤在码头上，大队宣传队的叔叔阿姨们敲锣打鼓地欢迎。左老师他们走过供销社门口，上了大桥，在水泵房附近右拐上了小桥，小桥西南侧有一幢房子，就是知青屋了。

这个时候左老师还不是老师，是来插队的知青。他们很快参加春耕春种了，小姨回来说，那个姓左的知青能够吃苦，也特别干净。我没有进过知青屋，上学时会从屋前路过，一次看到左老师在门口掏出镜子照来照去。知青们好像都有些才华，晚上他们的屋里有吹口琴的声音，也有手风琴的旋律。我后来知道，手风琴是左老师的，她拉出的曲子是《莫斯科郊外的晚上》。我们这里的人都不知道这曲子是《莫斯科郊外的晚上》，所以，人们不会听到以后想当苏修，左老师自然也就安全了。

好像是在插秧的时候，左老师到我们学校代课了，校长说：欢迎左老师！左老师教音乐和图画，她走进教室时成了左老师。我们都知道左老师会拉手风琴，她第一次上课时却没有带上手风琴。她讲了什么是五线谱，她唱五线谱时的声音像笛子一样亮。下课时，左老师问我们这节课怎么样，大家有什么意见。我举手了，左老师有点紧张：你说吧。我说：左老师，我们喜欢听你拉手风琴。左老师问：同学们的意见呢？同学们说：我们要听你拉手风琴。第二次课时，左老师拉手风琴了。她上身有节奏地晃动着，眼睛不看我们同学，好像她就在她拉的歌曲里。坐在前面的女生发现，左老师穿着丝袜的右脚在地上踩着拍子。

这已经是夏天了，快要放暑假了，我们光脚还嫌热。左老师怎么不怕热，不怕出汗？我问左老师：你怎么穿袜子。左老师可能没有想到一个男生会问她这样的问题，她有点尴尬地说："穿袜子卫生，出汗了，脚不会黏在鞋底上。"这有点道理，我们出汗了，也怕鞋底潮湿了有臭味，上课不紧张时，我们都会在课桌底下轮流摩擦脚底和脚面，这样就没有汗了。

事情好像不是这么简单。几周下来，我们发现左老师上图画课时不穿袜子，只有上音乐课时才穿。有一次她上音乐课时，还穿上了裙子。第二天上图画课，换下了裙子，穿了一套像女军装一样的衣服。不同的课，不同的服装，有时候讲究，有时候马虎。我们都不懂，觉得左老师是个不简单的人。我回去问我表姐，表姐读过高中，也到北京串联过，在天安门广场见过毛主席。表姐说，你慢一点说话，左老师是不是上音乐课拉手风琴时穿裙子穿袜子，上图画课时就不穿裙子不穿袜子了？我说：是的。

表姐开始也觉得奇怪。过了一会儿表姐恍然大悟地说：是这样的。她可能有仪式感。拉手风琴是表演，表演就是仪式。你们这个左老师可能是个艺术家。我那时还不懂仪式感的确切涵义，但表姐的一番话让我对左老师肃然起敬。表姐说：你看，老师进教室之前，都会整理衣服，这就是仪式感。你再想想，过年时，你要给长辈拜年，这就是仪式感。

我们放暑假了，县里的宣传队到我们大队来演出，节目单上有左老师的节目。在新落成的大队礼堂的台子上，一个像郭建光一样英俊的青年出来报幕了。父亲说，这是吕老师的弟弟，演话剧的。吕老师是我们的语文老师，身材娇小。吕老师的弟弟在给左老师报幕时，神采奕奕，激昂地说：有一位知青，她本来是我的同事，但她主动要求到农村插队。她在这广阔的天地里经受了锻炼，她纤细的手指更有力量了，她演奏的曲子也更能鼓舞人心了。在掌声中，左老师穿着裙子穿着袜子穿着有点高跟的凉鞋登场了。左老师拉的第一首曲子是《北京的金山上》，在曲子快要结束时，全场的人发出声音：再来一首！

吕老师的弟弟在左老师快要合上手风琴时再次走上了舞台。他先是唱了"哎巴扎嘿"，然后问大家：好不好？大家齐声说：好！要不要再来一首？要！全场响起了掌声。台下有人喊：快快快。吕老师弟弟说：来来来。台下的人说：在哪里？吕老师弟弟指着左老师说：在这里。台下又是掌声。左老师拉的第二首曲子，我没有听过。可能因为大家不熟悉，左老师谢幕时的掌声比刚才小了一点。

散场时，我跟吕老师上了舞台，她弟弟正在用凡士林卸妆，我发现卸妆以后的这位叔叔似乎更好看。我问左老师：你拉的第二首曲子是什么？左老师说那是《伏尔加小调》。我不懂，看到吕老师的弟弟走过来和左老师说话，我也不好意思再问下去。我在礼堂遇见表姐，我问表姐，刚才左老师她拉的是

《伏尔加小调》,这是哪个国家的?表姐说,这是俄罗斯手风琴曲,伏尔加是一条河流的名字。

我再次见到吕老师弟弟时,已经听说左老师和他是中学同学。他们高中毕业后一年,进了县宣传队,两人开始谈恋爱。我们都没有在意,左老师在田里抛秧时,这位男同学来看过她。那时,我还不懂,但觉得他们真的是般配。左老师和表姐成了好朋友,一个懂俄罗斯音乐,一个懂俄罗斯文学。我在表姐家的箱子里翻课本和杂志时,听到她们俩在悄悄讨论一个叫安娜·卡列尼娜的女人。我一直不知道吕老师的弟弟叫什么名字,听到表姐说某某下次来时,你们一起到我们家吃饭。我这才知道左老师的男朋友叫某某。

表姐家紧靠码头,在供销社的东侧,人来人往都从表姐家门口走过。左老师是和吕老师弟弟一起到表姐家的,表姐请他们进屋。左老师看到我也同其他人一样站在门口张望她的朋友,就说:你也在这儿,进去吧。我说我要回去吃饭了,她的朋友也朝我点点头。我在午餐时,听到了外面的嘈杂声。母亲说,好像南面有人在吵架。声音越来越大,好像还有哭声。这哭声很像左老师的声音,我就跟着母亲出门了。在巷子口,看到表姐家门口有一大堆人。我们都走过去,这才看清左老师哭着在和一个年纪大的男人吵架,表姐想拉开他们但怎么也拉不开。左老师说：我就是要嫁给他。年纪大的人将表姐推到一旁，顺手给了左老师一个耳光。被打的左老师继续说：我就是要嫁给他。这个时候，很多人上来，拉住了这个年纪大的男人。左老师的男朋友跟表姐说了几句，然后两人往知青屋去了。这个年纪大的男人是左老师的父亲，他朝左老师的背影吼道：你有本事，你就不要回家。

我不知道左老师后来有没有回到他父亲老左的家。这个暑假过后，左老师消失了，她应该回到了县城。我从表姐那里知道，老左反对小左这门婚事，是因为小吕的爸爸被打倒了，老左担心女儿受牵连。后来陆陆续续传来消息，说是老左生病了，还有就是老左和小左断绝了关系。开学前，吕老师夫妇也调离了我们学校。我再也没有见过左老师。

左老师去哪里了？表姐也不知道。在这个村上，对于左老师的离去，最伤心的可能就是表姐。在她和左老师关于俄罗斯的词典里，可能没有打耳光这个仪式。这个耳光，把左老师留给我们的仪式感打碎了。后来在很长的时间里，我甚至忘记了左老师的琴声，也忘记了她说的《伏尔加小调》，我并不知道在另一个地方有条河叫伏尔加河，是表姐说了我才知道的。我记得的是老左打小左的耳光。

巴掌打在左老师的脸上，但在我心里留下了创伤记忆。在知青屋没有了手风琴的声音后,我有一段时间感觉到了单调。我和从前一样从知青屋门前走过,有时候觉得左老师在门口照镜子,她的左脸颊有一个巴掌印。再后来,知青屋里没有知青了,我逐渐忘记了左老师。前年去俄罗斯访问,我在莫斯科一个社区散步时,听到了手风琴声,我听出了,这是《弥漫云雾的山谷》。我靠在篮球场的栏杆上,听到琴声从前面的高楼上飘出来。这个时候,左老师和她的琴声出现了。

有表姐的那年那月

母亲生下我小弟弟后，外婆说：再生的话会不会还是儿子？

我们这个家族的结构真的是有趣。我们兄弟仨，家里全是男孩。我的三个姑妈在小镇，我的若干表姐表妹也就在小镇；我母亲姐妹三个，都在一个庄上，没有舅舅。我大姨生了三个女儿，但她们比我小太多。我小姨生的男孩。在我们都读小学后，父亲和舅爹商量，给我们兄弟仨改了名字，依次是尧舜禹。可能这个名字抵挡住了母亲把我们女性化的美好愿望。在庄上，男孩的布鞋是没有鞋搭子的，我们兄弟仨差不多都到了十岁，还穿着有鞋搭子的布鞋。更为恐怖的是，在家里吃饭，母亲一定会给我们兄弟仨套上袖套，戴上围兜。大弟弟从小就有个性，母亲无法改造他。小弟到底小，比两个哥哥长得秀气，母亲总是设法把他打扮成女孩模样，好在小弟弟也没有被母亲改造过来。你无法想象，一个家庭会渴望有一个女孩。母亲的这种想法，一直影响我的想象，我总想写部小说，虚构一个妹妹。母亲的创造力比我强许多，我读大学的几年，回去一次，就认识一个新的干妹妹。

在日常生活中，与我们兄弟仨相处的女性基本上都是两代长辈，唯一例外的是我在庄上有一个表姐。如果我们说到姐姐如何，就是说表姐。表姐其实和我两个姨娘年龄相仿，但辈分和我一样。我们庄上有三户人家是外乡人,我们家是1949年新中国成立前夕从小镇到村庄的;稍晚些时间,还有两户人家从县城到了这个村庄。一户是戈师娘和她的儿子,母子俩和我爷爷奶奶住一个院子,另一户是顾爹、顾奶奶家,他们住在供销社巷子口西侧的一个院子里,顾奶奶的外孙女,就是我的表姐。顾爹、顾奶奶到乡下时,表姐还没有出生。我开始记事时,表姐家就她和她的外公外婆,表姐的妈妈偶尔也从县城过来,我叫她姑妈。那时,我已经知道血缘关系上的亲戚有哪几位,不知道我这个姐姐怎么成了我的姐姐的。我问了父母亲好多次,才有了比较完整的信息。顾奶奶就一个儿子,一个女儿,儿子在抗美援朝时牺牲了。顾奶奶到了庄上,特别喜欢我父亲,就认我父亲做了干儿子。表姐的妈妈离婚了,又重新嫁人。上小学的表姐就从台城到了外公外婆这里来生活,这里还有个舅舅,也就是我爸爸,大家一起等着她。

表姐特别喜欢我们家的饭菜。那个时候能够吃到的也就是青菜、萝卜和韭菜,偶尔吃豆腐、小鱼,偶尔吃肉。现在去买鸡,还会问是不是活杀的。当然是活杀的。以前在乡下,难得把生蛋的鸡活杀,不能生蛋了,或者瘟死了,才会杀活鸡。有着漂亮鸡毛的公鸡通常是去小镇卖掉。我们家里偶尔做了什么菜,父母亲就会打发我送一份给表姐。有一次表姐说到我们家吃饭，父亲说要去买块肉。我积极得很，自告奋勇去了。看到卖猪肉的人给了一块骨头很大的肉给我，我就说：骨头太大了，换一块吧。这个人说：没有骨头，这猪靠在墙上长啊。我哭笑不得，拿着这块肉回家了。表姐并不挑食，什么都吃。表姐家好像喜欢用咸菜烧小鱼，也会送给我们。

我对表姐开始有深刻印象，是她从北京天安门回来，我记不得她是第几次被毛主席接见的红卫兵。表姐皮肤白皙，从北京回来时好像一个暑假都在田里干活，脸被晒得红黑。表姐说广场上人太多了，鞋子都被挤掉了。可能是离天安门城楼比较远，表姐一直说不出毛主席和其他首长的样子。憨厚的表姐话不多，也很少与人接触，基本上就在家里看书。表姐家的房子在村口，我每天放学必经她家门口，总是看到她坐在那里看书。我喊一声"姐姐"，她说："你放学了。"如果是中午，她有时会留我吃饭。我印象中表姐似乎很少到田里干活，农忙的时候，她也去收麦、插秧、割稻。表姐大部分时间是坐在堂屋里看书，她被晒红的皮肤很快又变得白皙了。

表姐从城里来，高中毕业，是同年女性中学历最高的。她喜欢看小说，如果不是运动，应该去大学念中文系了。表姐似乎也没有做农民的打算，大概也没有深入思考过自己的前途，偶尔去田里干活，大部分时间看书。表姐家是烈属，政府对表姐家的生活有所照顾，日子不好不坏。乡村里年长的女性抽烟很多，顾奶奶、我自己的奶奶和外婆都抽烟。有一天放学路过，我惊讶地看到表姐抽着香烟在看书。村上除了我爸爸，可能没有人理解表姐的怀才不遇。我们从小到大，劳动观念排第一，爱劳动是勤快，不爱劳动是懒惰。我估计表姐是被村上人划到懒惰一类的。住在我们家西边的老胡，每天从田里回来，都从表姐家门前走过。老胡总是看到表姐在看书，他对我母亲说：这个姑娘这么懒，以后嫁到哪家去啊。

老胡多虑了。他不久后知道了，他在南京当兵的弟弟小胡看上我表姐了。表姐虽然不爱到田里劳动，但读书多，有见识，憨厚，不刁蛮。表姐特别有同情心，说到谁家生活艰难，说到谁生病了，表姐眼睛会湿润，这个特点发展到后来，就是爱哭。后来成了我表姐夫的小胡和表姐一起读到初中时去当兵了，他充分认识到了表姐所有的优点。表姐和小胡订婚时，小胡已经是排长。小胡英俊潇洒，他穿着军装，戴着军帽，腰杆笔挺，眉宇间透出豪气。我当时对解放军的崇拜与表姐夫的帅气有一点关系。

他们订婚时，表姐已经到庄上的学校做了民办代课老师，后来又转成了民办老师，和我爸爸在同一所学校教书。他们在部队结婚的，回来时从南京带了很多礼物给她的舅舅舅妈，就是我的爸爸妈妈。我第一次吃到巧克力，面包，还有奶糖。每年暑假，表姐去部队度假。我们兄弟仨读书，爸爸在学校，妈妈劳动，家里的工分很少，日子不怎么好过。那年收双季稻，妈妈太辛苦了，患了肾炎，治疗不及时，成了慢性肾炎。表姐和表姐夫不时从南京寄回杜仲、天麻什么的。有一年暑假，表姐去部队前，来我们家告别。表姐对爸爸说：舅舅，下个月的工资你领下，我不要了。然后，表姐脱下腕上的手表：这块表你戴吧，我去南京时不需要。这个场景是我生命中最温暖的记忆之一。后来，表姐只要去部队，她的工资就让我爸爸领回。我记得，爸爸的第一块表是表姐的旧表，还是她从南京买回来的。滴答滴答的声音，留下了旧时光里的心跳。

我小学毕业后，表姐开放了她的放书的木箱。她说，你想看，随时来拿。我在她的箱子里翻来翻去，我先是选了她的语文课本，课本上的文章和我的课本完全不同。我读到了《老山界》《朱德的扁担》，还有鲁迅的散文。表姐的课本成了我文学的启蒙老师，我模仿鲁迅写的作文，老师让班上同学传阅。然后是一本叫《收获》的杂志，巴金和靳以主编。我不熟悉这两位作家，表姐介绍说，巴金写了《家》《春》《秋》，她说了靳以写的什么，我忘记了。我问表姐有没有巴金的小说，她说没有，有的话也不能看。表姐的箱子里有《林海雪原》《红旗谱》《野火春风斗古城》，还有一本普希金的诗集，我记不得书名了。我发现，表姐对俄罗斯文学艺术很熟悉，我听左老师的手风琴曲，不知所以然，表姐解释后我也似懂未懂。那时中苏交恶，表姐感慨地说：这辈子没有机会去莫斯科了。

我差不多高中毕业时，表姐夫转业去了台城工作，大家也喊他老胡了。我们那地方为了表示亲切，会喊姐夫为哥哥，我自然而然地叫老胡为"哥哥"。表姐为了不分居两地，带着两个孩子去了台城，在一家工厂工作。这应该是做出了牺牲的，如果不去工厂，表姐也就能转成公办教师了。表姐是位好老师，在工厂当保管员，与她的气质和能力都不吻合。我们兄弟仨陆续考上了大学，镇上的长途汽车开始时不通南京和苏州，后来通了，但不是每天都有车次。一直到我工作后几年，我多数是前一天下午到台城表姐家，第二天早上从台城长途车站往苏州。表姐和表姐夫如果有时间，会在当天下午先到车站接我，用自行车驮我的行李。那时，我还是英俊青年，比标准体重还轻点，如果行李不多，我会坐在表姐夫的自行车上。如果是表姐接我，我就骑自行车带她。我从车站出来，不远处就是县城的体育场，上大学前的暑假，我曾和同伴到体育场割草。每次路过体育场，我都会生出些感慨，从来没有想过，在县城，我会有一位亲戚。即便是少年时，表姐和表姐夫也视我为大人，亲切而客气。在台城的晚餐，一定是我一年中吃得最好的一次，表姐夫下午就请假，买菜做饭，等表姐下班了，我们就开始喝酒。表姐总是微笑着，努力不叫我的小名，叫我王尧。他们俩不停地给我夹菜，生怕我饿着。表姐夫有点好酒，有时会超量，然后开始演讲。表姐坐着，也只是微笑，抽烟。一次路过台城，表姐夫出差了，表姐在家里做饭菜。出乎我预料，表姐的手艺很好。生活真是会改造人，表姐带大了两孩子，操持家务。她穿着厂里的工作服时，看上去完全是工人阶级的模样。我是个可以熬夜，但起早不容易的人，出发的那天早晨，一定是表姐或表姐夫叫醒我。吃完早餐，他们例行地给我十块或者二十块钱，这在当时是很大的数字。表姐总会提醒我把钱放好，我上车时，也会习惯性地再摸摸口袋。然后是挥手，依依惜别，等待下个寒假或暑假再见。

年复一年，日复一日。表姐下岗了，我工作了。表姐的背有点驼下来，比以前抽烟更多了。她看到好像风华正茂的我，总是特别开心。开始我们一年能够在春节期间见一次，后来我不是每年都回去，只是在空闲时通通电话。我多次邀请表姐和表姐夫到苏州小住几天，他们总是答应，但始终没有成行。表姐开始照顾她的第三代，不亦乐乎。有一天我突然接到表姐夫电话，说姐姐身体不好，可能有些麻烦。我说，你陪姐姐到苏州来治疗。等到他们到苏州时，表姐已经不怎么能走动。我曾经想象的在我们家相聚的欢乐场景再也不可能了。我在医院安顿好表姐，请了最好的医生给她做手术。手术后医生告诉我，已经是晚期，手术没能完成。我和表姐夫悄悄说病情时没有流出眼泪，但出了医院门，我在望星桥边潸然泪下。在我有能力为表姐做点什么时，我却什么也做不了。

一个月还是两个月后，我赶回去送别表姐，也送别有表姐的青少年岁月。我后来几乎很少再回台城，即使路过也步伐匆匆。我都是约表姐夫到乡下见面，或者约好了一起去扫墓。很多朋友不解地问我：你这么多年，怎么不到台城来？我没有说出我心中的痛楚，没有了表姐，也就没有了我的台城。我每年回去扫墓，都去表姐的坟上烧纸、献花，点一根香烟。今年疫情爆发，无法回故乡，表姐若是地下有灵，一定会寂寞。表姐不会计较我，她会像往常一样想：王尧兄弟太忙了。

奶奶和她的小鎮

奶奶坐着花轿从女庙巷到两千米之外的爷爷家。我不知道奶奶当年是什么发型，在我的印象中，奶奶的头发从来都一丝不苟，梳着一个髻。奶奶出嫁一定是大排场，随她去爷爷家的还有一个丫鬟。我后来在电影和电视里看到这样的场景，就想到我奶奶。大陆演员扮演大户人家的祖母无论神形常常不及台湾的一些演员，这可能与家庭背景有关。我在镇上读高中时，走过无数遍奶奶坐花轿的这条路，偶尔也有奶奶同辈的人喊住我说：你是闻二小姐的孙子？我是闻二小姐的孙子。在爷爷家那条巷子，有人会指着我说：这是二少爷的孙子。我爷爷排行老二。

我读初中时，奶奶的妈妈，我爸爸的外婆，我的婆太太还健在。我偶尔跟奶奶去镇上看她，她会从袖子里掏出一毛钱，让我肚子饿了去买烧饼。我一直记得婆太太的眼神，她没有奶奶的眼神那样自信，她的脸上留下了从繁华到衰败的痕迹。苍老的婆太太活到近九十岁，在我们有限的接触中，我从未听她说过闻家当年的境况。她不叫我的名字，见到我会说峥鸿的儿子来了。峥鸿是我爸爸的名字。如果我的舅爹、舅奶奶在家，我进门以后，依次恭敬地称婆太太、舅爹、舅奶奶。舅爹和舅奶奶都是老师，舅爹教中学语文，舅奶奶教小学余算。舅爹是我在青少年时期见到的读书最多的人。舅爹知道我喜欢读书，但我们两人无法交流。舅爹背《古文观止》，我读小说，偷偷看了《野火春风斗古城》《三家巷》和《红旗谱》等。我在客厅站着，舅爹舅奶奶和我的谈话像老师给学生上课一样。

在婆太太家的大客厅里，我特别紧张，周遭所有的物件都散发着我在《苦菜花》《家》中读到的那些大户人家的气息。后来知道成语"如芒在背"，我就想到我在婆太太家客厅的感觉。其实，我非常尊敬我的舅爹和舅奶奶。我随奶奶出门后，奶奶会说：他们就是讲斯文。奶奶和她弟弟长得很像，关系可能一般，我从来没有看到他们姐弟亲近过。舅爹在一个大队小学教书时，我们家修房子，爸爸写了一封信让我去舅爹那里借钱。舅爹留我吃午餐，扁豆烧肉。饭后舅爹写了一封信让我带回，没有提钱的事。我在路上急切地打开信封，信里有"入不敷出"四个字。我一直记着舅爹的午餐，在那样的日子里，舅爹留我吃午餐，而且有红烧肉，已经是深情厚谊了。多少年后，我路过那个村庄，想起秋天的那个中午，舅爹从危楼的楼梯送我下来的情景。我奶奶去世时，舅爹没有送我奶奶，他当时也重病在身，但我一直无法理解他为什么没有能够撑着病体和他的姐姐做最后的告别。

婆太太家的这条巷子，原来叫女庙巷，后改称井巷，但奶奶习惯叫它女庙巷。一口古井居中，巷子两侧是粉墙黛瓦。井巷的房子似乎都特别高大宽敞，可以想象当年这条巷子的富贵景象。奶奶就是在巷子裹脚又放脚的，这位"闻记棉线店"的二小姐，把往昔繁华的生活和她在女庙里听来的故事都梳进她的发髻里。即使在最潦倒的日子里，奶奶在乡下依旧保持着镇上大家闺秀的风采。我奶奶在她晚年经常向我讲述的我们那个大家族的故事早已离我和我的两个弟弟远去，我们像听别人家的故事一样。在村上我家不大不小的天井里，总是放着两只荷花缸。奶奶说从前镇上老屋天井里的两只荷花缸比现在大多了，我爸爸的印象也是这样，祖辈给我最诗性的记忆就是缸里的荷叶。

　　在奶奶的叙述中，我陆续知道闻家的历史和一些规矩：在镇上和县城有几家棉线店；三个舅爹都是读书人；中秋节的月饼从大到小放在盘子里；奶奶和她的姐姐也就是我的姨奶奶，有空时就去书场听书（姨奶奶跟我说她很少去，奶奶去得多）；家里人不到齐了，不好开饭；吃饭不能有声音，筷子只能伸到菜盘子靠近自己的这一边；吃好了要对长辈说慢慢吃，不能起身就走，起身时要说您坐稳了；早上起来要向长辈请安；做生意要老少无欺；亲友往来不能嫌贫爱富。这些历史和规矩后来都渗透在我家的日常生活中，我有一段时间比较习惯繁文缛节，与我们家族的传统有关。

爷爷家在两千米之外的那条巷子依水而建，很像我们熟悉的周庄，爷爷的家在这条巷子里，有好几进房子，比奶奶的娘家还要阔绰。爷爷的规矩和奶奶娘家是一样的，那是镇上大户人家通行的礼数。数百年来，这些规矩成为小镇文明的面貌之一。我的曾祖父也是经商的，开油店。我喊曾祖父老爹。我爸爸说，附近的几个镇都是吃老爹家的食油。我妈妈见过老爹，在我出生的第二年，老人家去世了。我一直没有问我的爸爸妈妈，老爹有没有见过我。我看到老爹的照片，一脸的严肃甚至刻板。但所有熟悉曾祖父的人都说到他的宽厚仁爱，曾祖父从来都答应顾客赊账，一直到他破产也没有收回欠债。我对祖屋的最初印象非常阴冷，曾祖父去世后没有安葬，灵柩停放在家里。我从记事开始，就很怕去镇上的祖屋，进去后就要到停放祖父灵柩的屋子里磕头。磕好头了，再向曾祖母请安，我喊曾祖母"老太"。我看不出老太是爷爷的后妈，爷爷奶奶对她行礼如仪。那时粮食特别紧，新米出来后，我爸爸妈妈总是到镇上给老太送新米。

直到读初一后我才知道，我所见到的老太是我老爹的填房。那一年春节，我的几位姑奶奶都到我们家了，在她们的言谈中，我听到她们对老太的一些非议。我想应该没有女儿会这样议论妈妈，这才知道老太的身份。当时我觉得自己很愚蠢，从爷爷和几个姑奶奶的年龄，我应该能够算出他们和老太的关系。是爷爷奶奶爸爸妈妈对老太的尊敬，让我失去了判断。我的两个姑奶奶，和我的奶奶一样，头发一丝不苟，衣服整整齐齐。我觉得大姑奶奶特别像我的老爹，不苟言笑。二姑奶奶则端庄中带着微笑，露出洁白的牙齿。二姑奶奶家的圣堂村离我们十里路，我不常去。有次到圣堂，二姑奶奶看到我了，拉我去她家，用铁锅做鸡蛋饼，她用稻草烧火，慢慢把蛋饼烤脆。二姑奶奶说，你要好好念书，王家就靠你了。我的大爷一家在解放前就去了泰州，和我们这边几乎不往来。这边的两个姑奶奶几乎把我看成是中兴家族的希望。两年后的1975年，我初中升高中，突然要通过考试升学，考点就在圣堂村。中午在二姑奶奶家吃饭，我的表伯问我上午作文是什么题目，我告诉这位小学校长：《读书务农，无上光荣》。

婆太太家和老爹家的产业在解放战争期间破产。我的爷爷奶奶带着我爸爸和两个姑姑到了乡下，两个姑奶奶则在相邻的一个村子里。他们都成了难民，因此土改的时候都是好成分。从镇上到乡下，那几年一定是异常煎熬。我的大姑姑过继给了我的姨奶奶，她留在镇上，二姑姑出嫁回到镇上。小姑姑在乡下长大，成了和大寨大队铁姑娘一样的农村青年。这个农村真正改变了我们家族的一员就是小姑姑一人，最终小姑姑也嫁到了镇上。这好像是命定的秩序,她们都回到了曾经的繁华梦中。但今非昔比,无论如何家道衰落了。她们都带着旧的记忆开始新的生活。或许是因为我的爷爷有专长,到乡村不久,他就被政府安排到另一个乡的粮管所,发挥他的专长了。我的奶奶差不多是有三分之一的时间在爷爷那里,三分之一的时间在村上,还有三分之一的时间则是到镇上和我的几个姑姑一起住。我会在假期中到爷爷那里住几天,爷爷非常严格,管理粮食仓库就像管理自己家的一样。粮仓里有成堆成堆的北方的山芋干,即使不煮熟也可以吃。爷爷看到我盯着山芋干的眼神,便说:你一块也不能拿。我回去时,奶奶总是送我到很远很远的路口,我走了很远回头时,奶奶还站在那里。我的易于伤感,或许就是在这样的场景中养成的。有一次,奶奶很生气,说她送我时头也不回就走了。我想了想,我是回头向奶奶致意的,但回头的次数可能比以前少了。我在长大,我消失在行走的人群中,奶奶的眼睛也老花了,她可能看不出我的背影了。

  我一直对奶奶经常去姑姑家感到很不开心,特别是农忙时,家里需要有个人烧饭什么的。但奶奶总是长时间住在镇上。现在想起来,我可能缺少对奶奶的理解,她不是住在姑姑家,她是回到她的过去。奶奶到乡下几十年,但她总是生活在女庙巷里。我凝神看着奶奶一丝不苟地梳髻,她一板一眼的动作,仿佛是一种程式,她对往昔生活的记忆化为对现实生活的规范。少年的我常常纳闷,解放这么多年了,又经过"文化大革命",奶奶仍旧是当年的闻二小姐。每次回到镇上,我便进入奶奶规范的生活秩序之中,无论是在老街还是在井巷,我遇到的人都是我的长辈。直到有一天,奶奶熟悉的一个尼姑从乡下跑到女庙巷沉井身亡,这个和奶奶年龄相仿的尼姑让这口明末的水井废弃。我这才找到了不去井巷的理由,我从小就怕鬼,很长时间以来,我都庆幸我们这个家族在解放前夕衰落,那个旧式家庭尚未完全消失的轮廓让我后来理解了为什么有那么多的富人子弟会投奔解放区。

我们村上的宣传队演出京剧《智取威虎山》时,正逢百年未遇的大水,田里所有的麦子都淹没了,麦穗再也没有抬起头。插秧以后,宣传队开始排练,我爸爸被挑选去扮演杨子荣。爸爸觉得自己不合适,很多年没有演戏了,但宣传队长说没有比他更合适的人了。杨子荣打虎上山那场戏需要穿皮毛大衣,我们村上没有一家人有这样的衣服。还是奶奶想起,老爹以前有的,可能在六爷爷那里(我爷爷的同父异母的弟弟)。谁去问六爷爷借?奶奶主动说她和我一起去。听说是演样板戏用,六爷爷很爽快地答应,从箱子里找出来了。出门时,奶奶说,我去女庙巷,你去不去?我说不去。奶奶一个人独自去了。

我抱着皮大衣坐在大会堂门前的台阶上,大衣有一股樟脑丸的味道,我把它贴在脸上,已经嗅不到老爹的气息,但阳光照耀下的皮毛大衣还是呈现了往昔家族的小康气象。中午过后的阳光终于有些暖意,但水泥台阶依然冰凉。我走下台阶,荡回石板街。我穿起了老爹的皮毛大衣,再脱下。这个街上没有人认识我,那几个和奶奶打招呼的老人,当年或许也就是我这个年纪看到我老爹穿着这件皮毛大衣从这条街上走过。他们早就没有理由想我老爹了。即使是我这个曾孙,也正在逐渐失去对祖先的记忆。我记不清我第一次走进时堰镇祖居的时间,在我模糊的记忆中,它留给我的感觉如同我走进生产队场头下的地道,潮湿、阴冷,让人透不过气来。我无法想象我的曾祖父就在这里有滋有味地过着他的油店老板生活。在我祖居的隔壁,就是著名地理学家许先生的故居,那栋房子现在已经成了市重点文物保护单位,成了我的母校中学挂牌的"爱国主义教育基地"。它是一样的潮湿和阴冷。我猜想,那位比我祖父还高出一辈的许先生,他最终成为一个水利学家,甚至与他想告别这里的潮湿和阴冷有关。

奶奶去女庙做什么?她在回村庄的路上说,她去给那个投井的尼姑烧纸了。奶奶不仅是去悼念她少女时的朋友,可能也是凭吊自己的过去。奶奶走路很慢，她的身上驮着她的女庙巷和这个小镇。在村上居住的日子里，我们兄弟仨每天早晨起来的第一件事，是按照多年的规训到奶奶的房间喊奶奶早。爷爷退休后，我们早上起来喊爷爷早，奶奶早。奶奶有一只箱子，我从没有见她打开过。有一天，我偶然看到她打开了，就很好奇地凑上去，奶奶已经来不及盖上。箱子里有上海二十世纪三四十年代的香烟广告，一个妙龄女郎优雅地抽着香烟。这是我第一次遇见二十世纪三四十年代的上海。好像还有胭脂什么的。我很好奇，封建的奶奶怎么会藏有这些东西。

很长一段时间，我总觉得奶奶把旧社会的东西带到了乡下，后来我逐渐意识到，奶奶其实也在延续一种和乡村生活格格不入的文明或者是一种生活秩序。奶奶一辈子都生活在她的旧时代，她从来没有走出那个小镇。我感觉到的那种差异，其实是一个时代残存的瘢痕。对我这样的一个乡村少年来说，小镇就是我的文明背景，那里有我和在乡村不一样的生活，尽管只有十几里的距离。其实也不只是我，我的长辈们大致也是这样的，小镇就是一个文化中心、政治中心和商业中心。城市或者都市离我们太远，那些地方给我的感觉是个人在麦田里拣麦穗时，突然有飞机从田野的上空掠过，转眼即逝。而小镇不同，小镇就像你的一个远房亲戚，它虽然和你可能只是点头之交,但不管怎么说,你能够从心中的谱系里找到自己与它的关系。在我们这些孩子长大的过程中,小镇刺激了我们所有的欲望,包括繁华、权力、身份和女人。做文学的人,做社会学的人,常常说到城乡冲突,其实疏忽了在城乡之间还有另外一个地带,小镇。但恰恰也是这样的小镇,甚至连弹丸之地都称不上的小镇,充其量只能说是一粒麦子那样大的小镇,它可以彻底摧毁你的内心,让你在十里之外面对它时,产生自卑和耻辱。我们那个村,距离小镇差不多只有十里,但这十里路如同天堑,是两个世界的分界线。镇上的人到村上去说是"下乡",村上的人到镇上去,人家说你"上来了"。我现在回去,倘若开车,只要十几分钟就可以到达小镇了,但在当年,这条路在心里却是千里迢迢望不见尽头的。

我在奶奶的小镇读完了高中,也把石板街留在我的记忆中。即便在另外一条石板街上走过,我也会想到镇上的那条石板街。我不知道是我自己还是石板街如同幽灵一般。2004年的冬天,我在苏州甪直老街游逛时,我告诉同伴,我仿佛行走在老家那条石板街上。我在来苏州读书前就知道,我们那个镇上的许多人家是从苏州阊门流落到这里的。甪直这些地方可能都曾经是我的祖先行走过的地方。这些似曾相识的砖与瓦,同样浑黄的河水,过于清洁的街道,并没有给我带来亲切感。我从老街上走过时，已是傍晚，老街在阳光消失后突然变得更加幽长，当我看不见自己的影子时，我就想起了鬼，这是小时候大人恐吓我们这些孩子所留下的心理阴影。一个孩子心中的阴影就像幽长的老街一样幽暗和狭长。

奶奶是在镇上病危的，她坚决不肯回到村上迎接生命的终点。我从苏州赶回，到了老屋，奶奶已经处于弥留之际。我拉着她的手，我从她的嘴唇里听出她在喊我的名字，然后，她闭上了眼睛。这是1985年10月的一天傍晚，奶奶在镇上去世了。在镇上安葬好奶奶，我回到了村上。我在村前的那个水码头驻足良久，很多年后我开始写作一部至今未完成的小说，小说开头是：我坐在码头上，太阳像一张薄薄的纸垫在屁股底下。当年，爷爷奶奶带着他们的儿女坐船从镇上到乡下，就是从这码头上岸的。

"我"的腿迈不出去

外公出殡的那天早上，阴雨连绵，寒风无形地将雨水分割成雨点。地上的薄冰像破碎了的玻璃。在现代修辞中，一个人去世了，这样的天气被赋予了悲恸悲悯的色彩。但在民间的习俗中，这样的天气可以从正反不同的方面去解释。有人说：怎么遇到这样倒霉的天。其实，即便是春天或者夏天，如果有亲人去世，你内心的感觉也是冰冷的。在后来的日子里，我一直回忆关于外公的许多温暖的细节，以融化雨水、冰块和风。

天空是蓝的，蓝得失去了真实。我和外公抬着摇篮去小姨家。小姨快要做妈妈了。在我们庄上，从北往南，从南往北，这条巷子最长了，不得不停下来喘气。外公突然说：这村办社办企业是不是走资本主义道路？他说了跟我们相距不远的兴化县一个公社的例子。读高一的我不知道如何回答外公，我也正被一些问题困扰。我的思路和外公是相反的。我在和我的班主任私下聊天时，问了一个问题：为什么卫星上天，红旗就会落地？老师没有直接回答我。他说再看看，再看看。许多年以后，我在大学申请加入党组织，学校向我读高中的学校函调我在"文革"时的表现，班主任起草了文稿。他后来告诉我，他在学校出具的证明材料中提到这件事，说我有独立思考的能力，不随波逐流。外公看着我说：我走了一辈子集体化道路，现在有许多问题看不明白。又说：现在又允许手艺人单干，过去是不允许的。这一年，外公刚刚恢复党内生活，他的眼神满是疑惑。

此时，病魔已悄悄潜入外公的体内。他时常觉得胃部不舒适。我们在巷子里喘气时，他有一刻是将胃部依靠在摇篮上。春天百病滋生，外公的不适应该不是什么病。我们所有人都没有往坏处想，但外公的情形却每天往坏处发展。先是去公社医院，再去县里的人民医院。医生诊断是胃癌。可能是谁说了外公识字，医生在诊断报告上写了"胃 ai"。外公虽然识字，但不懂汉语拼音。外公问我，ai 是什么。我说可能就是胃里长了块，但服药后这个块是可以消除的。我用的是民间的说法，所谓"块"就是肿瘤。外公也觉得自己的胃是长了块，他说谁谁也是长了块的，后来治疗好了。他由此有了信心。在服用医院的药以外，家里人四处寻找民间偏方。一个远房亲戚找来了一个偏方，将风干的壁虎磨碎服用。外公听说了，怎么也不想试。慢慢地，外公的小腿开始水肿，他凭经验意识到了自己的生命处于危险状态。

我在镇上读高中，只有周日才能回家。外公喊我的小名：厚平，你来看看。他用手指头按了小腿，手指放开时，按下去的地方出现了一个不小的瘪塘（方言，就是"小窝"）。外公说：这个瘪塘深。我安慰说，可能是您走动少了。外公说：我的腿迈不出去。爸爸、妈妈和我的两个阿姨告诉我，外公这段时间经常出去走动，然后会坐在一处发呆。外公去过的地方有西码头、东泊、大队部，最远的地方是靠近公社的养殖场。

西码头其实在几十年前就废弃了。那是一个临近西泊的河坎，在河边有几块石头堆砌成的码头，但有几十年不用了，河坎也塞满了垃圾，乱七八糟的砖头上是暗黑的青苔。要从那里走下去，已经很困难。就在临近码头的岸上，有一幢房子，是外公的祖屋。外公是在这里出生的。起初，我以为外公去那里是在怀念他的父亲和母亲。他后来留下来的遗言之一是死后要葬在他父母亲墓地的旁边。在他生命最后的那些日子，他去那里回忆自己的童年岁月，缅怀他的双亲，应该在情理之中。外公的父亲去世很早，外公的母亲也就是我的曾外祖母在我小学二年级时去世。曾外祖母住在老屋，为了和我的曾祖母区别开来，我叫她"西头老太"。下午放学后我通常要烧火煮稀饭，妈妈怕我不小心产生火警，就请西头老太到我家里，坐在灶间，看我烧火。西头老太坐在矮板凳上并不看我，闭着眼睛一根一根地数着手里的麦秸，嘴里像念经一样。大人说西头老太念的是麦秆经，但我一直不知道这是什么经。当时的风气是不允许有宗教信仰的，但西头老太好像置之度外，从来没有停止过她的念经。这让我十分恐惧。外公确实孝顺西头老太，有什么好吃的，总是打发我端一个碗送菜过去。那几年，有一支石油勘探队在我们村，不时在河里放炮勘探。放炮会炸死河里的鱼，死鱼常常会漂浮到岸边。一天外公在从生产队场头回家的路上，发现了一条很大的死鱼，他就打捞起来，送给了西头老太。此事不知被谁看到了，就向工作组报告，说外公是地主阶级的孝子贤孙。其实，外公出身中农，西头老太不是地主婆，但孝顺在当时是罪过。外公被停止党内组织生活，这是一条罪名。

我逐渐发现，外公在西码头岸上徘徊的原因没有这么简单。这幢祖宅曾经住过新四军和游击队，王二大队长带的部队好几次是在凌晨从西码头上岸的。王二大队长敲门，外公端着煤油灯开门迎接。王二大队长在我们这一带是个传说，说他走路如飞，一步可以跨一个碗子。他先是打日本鬼子，后来打国民党反动派，在和还乡团的来回战斗中不幸中弹牺牲。我妈妈回忆说，她看到过王二大队长的驳壳枪。也就是在那几次夜宿老宅时，王二大队长影响了外公的世界观，1947年外公加入了中国共产党。后来知道，和外公一起参加革命的还有一位本村的刘同志。乡村里的革命也是那样的残酷，一位姓杨的剃头匠掩护过王二大队长他们，被还乡团抓住，严刑拷打，杨师傅死活不肯说出王二大队长的行踪。最后，还乡团活埋了杨师傅。杨师傅留下了一个儿子，我不记得他的大名了，村里人都叫他杨小，我喊他舅舅。我从小受到的阶级斗争教育，是从杨师傅被还乡团活埋开始的。在乡村生活困难时，杨奶奶得到了比较好的照顾。这些年我很少回故乡，即便回去也是匆匆忙忙。大学放寒假回家，偶尔还会在村口看见杨小傻傻地站着晒太阳。我不知道他是不是健在。村上的学校没有了，也不知道现在还有没有学生清明时节给杨师傅扫墓。在高一时，我已经偷偷读过许多革命小说，我当时想，外公会不会在西码头回忆他和王二大队长彻夜长谈的情景。这种情景常常出现在讲述革命的小说、电影和连环画中。

解放战争打乱了乡村的秩序。原本是宗亲，或者是近邻，但在那样的年代，村上的主要人物都自觉或不自觉地选择了自己的道路，这深刻影响了乡村的变化。我从来没有问过外公做了哪些地下工作，在乡村中"潜伏"远不及谍战片那样惊心动魄。外公其实是个优柔寡断的人，我无法想象他会在那样的年代里入党，他一生在许多事情上犹豫过。在他身上，人性论似乎大于阶级论。学校忆苦思甜，有人声讨村上最大的余姓地主，说如何如何残酷剥削。外公在家里说，余某不是这样的，不是恶霸，当年他也悄悄资助过王二队长。我没有见过这位地主，三年经济困难时期，他熬不过饥饿，在夜间沉河自杀了。他家的房子是我读小学时的教室，我一直觉得这间教室阴沉。

后来知道，这间教室是余家的粮仓，余家的一个儿媳妇在这间仓库上吊自杀了。外公的性格给他带来了很大的麻烦。运动开始后，一个富农成分的人揭发外公，说解放前夕逃到台湾去的一个地主，是外公撑船送他去溱潼的。外公由此受到冲击，被造反派关押，然后又被绑到批斗大会上。那天，我看到我妈妈和两个阿姨紧张得发抖。随后，外公被停止党内生活。这个地主是如何逃到台湾的，至今仍然是个迷，但肯定与外公没有关系。别人揭发他的一个重要原因是外公和这个地主关系不错，外公承认这一点，但他坚持认为自己没有违背党的纪律。1998年，我第一次访问台湾，行前想起这件事，便电话询问父亲现在是否有人知道这个地主在台湾的情况，有没有联系方式。父亲说，没有任何人知道，开放探亲后，这户人家也没有人回来过。我当年从香港转机去台湾，在飞机滑行的那一刻，我想起外公牵扯到的这件事，感慨万千。以前村上的人借钱时会说：我肯定还，除非我跑到台湾去。跑到台湾，就无法追债了。现在，我正在飞往台湾的天空中。

很多年过去了，检举外公、批斗外公的人，仍然生活在这个村庄，有些人还是我们家的邻居。一切好像都没有发生过一样。检举外公的人活得很长，我偶尔见到他时，也称他爷爷。批斗外公最厉害的几个人，似乎也忘记了他们当年的作为，见到外公时也称他李场长。我们常说的"忏悔"这个词，他们都不懂，也许他们内心里有过愧疚。乡村就是这样，日常生活总是大于政治，仇恨一天一天消失直至淡忘。我们家里偶尔说到当年外公被批斗的情形，也是一笑了之。但历史确实塑造了几代人，外公这一代人的信念就是集体化道路，他说他当年参加革命就是要走集体化，要把村上的人组织起来。我们这个村曾经在省内很有影响，从互助组到合作社再到人民公社，一直是省里的典型。二十世纪六十年代初省委书记曾经到我们村上视察，水乡给他留下深刻印象，他临走时说：这个地方像江南。不久，我们这个大队就改名为"江南大队"。带头走集体化道路的几位村领导，一位是合作社社长，曾经到北京受到毛主席接见；一位从大队书记直接提拔到县委副书记，作为革命接班人被培养；一位大队书记，曾到北京参加国庆观礼，村上播放的国庆观礼纪录片有她的镜头，播放员会重放她的镜头。我读初中时入团了，经常帮大队和公社写稿子。那时还没有考大学这事，三位前辈一直关心我，他们可能觉得我应该是他们的接班人。我考大学时，在县城住在第二位领导家里，暑假回来时第三位领导也招待我。我时常惦记那些温暖的细节，虽然我们对许多事物的看法已经不同。1983年暑假，我要去北京参加全国学联代表大会，合作社老社长特地找我说了几句话。他说：

"你是我们村第四个去北京开会的人，不简单。你从北京回来以后，跟我说说会议的情况。"外公去世多年，当年领导村民走集体化道路的就剩下这位老社长了。等到我寒假回家，这位老社长已经去世了。我给外公扫墓时，曾经去过这位老社长的墓地，墓碑上写着他的经历，包括在北京受到毛主席接见。

外公入党比合作社社长更早，组织上安排他到公社的养殖场做场长，二十世纪六十年代调整时，外公回到村上务农。这是外公在政治上的最高职务，村上人都叫他李场长。很长一段时间，外公是在生产队看场头，晚上也睡在场头。在他们这一辈中，外公是政治上失意的人。但他从来没有埋怨过，这可能与他的初心有关。我读初中时，冬天偶尔也会陪外公在场头住，夜间听到外面有声音，他特别警觉，会提起马灯到外面查看。他爱这里的一草一木。睡觉前聊天，海阔天空。当时困扰外公的问题是，集体化了，生活怎么还是这么艰辛。他百思不得其解，但他又无法接受新事物，他觉得出去做木工的人是单干，单干不是社会主义道路。这个困惑一直持续到他去世。外公生病时，乡村的秩序已经发生变化，曾经的集体景象开始解体，道路没有人修也没有人打扫，马路电灯坏了没有人换了，河道里的污染物没有人打捞了，黑暗和垃圾让外公非常生气。他说以前不是这样的。

也许是意识到自己不久于人世，外公开始操心身后事。外公生了三个女儿，我妈妈是长女，我的两个阿姨也嫁在本村，外公外婆和我的大姨一家生活在一起。外公有三间瓦房，按照外公的遗嘱，房子分给三个女儿。但没有儿子的问题在这个时候出现了，外公的一个弟弟，也就是我的叔外公提出，房子应该给侄儿不应该给女儿。这当然没有道理，外公拒绝了。这位叔公就威胁，他不给他的大哥钉棺材板，他们家的人也不出席葬礼。叔外公是一个精于算计的人，他已经完全忘记了他大哥多少年来对他们家的照顾，这三间瓦房完全压过了他们的同胞情谊。外公出殡的前一天，我妈妈还特地去了她这位叔叔家，请他参加出殡仪式。那天早上，我们等了很长时间，叔外公和他的儿子们都没有过来。我小时候很喜欢我这位叔外公，他是小诸葛，有说不完的民间故事。我后来再也没有见到过他，他用传统的观念要求外公，但后来，我的那些舅舅们并没有用传统观念对待他。他走路时摔跤了，再也没有能够起来。叔外公弥留之际，我妈妈和两个阿姨都去探视了。

当时已经全面推行遗体火化，谈到这件事，外公就十分恐惧地流泪。外公提出了做棺材的要求，他不想让他的骨灰放在那个小小的盒子里。外公是党员，如果做棺材，得请示大队党支部。大队的同志理解外公的想法，但不赞成做棺材。外公坚持要做，我们家商量了，决定尊重外公的心愿，这是他最后一个心愿，与他的党员身份其实没有关系。消息传出去后，大队的干部没有出面干预，只是说，做了棺材，大队干部不好来送别李场长了。油漆棺木时，外公仔细看了全过程，他从此宁静下来，安详地离开了他的集体。大队干部没有来告别老人，派人送来了花圈，养殖场也派人送来了花圈和五元人民币慰问我的外婆。

就像外公说的那样，现在不是以前的样子。外公是我们村上那一代人中的旧人，也是少数几个往前走的新人。他没有走得很远，但他往前走了。外公七十岁辞世，如果再活十年，二十年，他一定会觉得他是旧人，会越来越与自己这个时代产生隔膜。外公的困惑，是由于他以过去的信念理解已经变化了的时代。我并不觉得外公落后，多数人都是落后于时代的。外公知道他回不到从前了，他后来没有气力发表议论。

外公冥寿百岁的清明，我们做了一个简单的仪式缅怀外公。我想起他因为生病戒烟，在他的坟头点了两支香烟。另一支给外婆，外婆怀我妈妈时有了烟瘾。我们撒了许多纸钱，坟头烟雾弥漫。我的眼前一片模糊，但我知道墓地之外是绿的麦苗，黄的菜花，像蝴蝶一样的蚕豆花。我看到外公，也看到外婆。外公说外婆年轻时很漂亮。

李先生的文言文

以前只要到了春天，我会把《读报手册》一类的书从箱子里拿出来翻晒。我把我喜欢的书放在窗台上，冬天的潮湿在阳光下散出，只要晒一个下午，书页便干脆得蜷缩。转潮的书，你去翻它是没有声音的，晒干的书，你去翻它就像在晒场上翻稻草。但在1972年之后，《读报手册》一类的书对我已经失去了意义。我开始喜欢读古文和小说。

我在河东桑园采桑叶时，李先生隔河喊我：星期天啦，你要不要来读《古文观止》？李先生是在警告我。他的牙齿几乎都掉光了，声音碎而散。我后来跌跤摔断了一个门牙，说话漏风，有嗤嗤的声音，让我想到李先生。我现在只教现当代文学，不教学生读古书，自己也是偶尔翻翻古书，心想，那颗断了的门牙就是悼念李先生的。许多年以后，1974年春天李先生的这一情景仍未模糊。

那时，我已经读初中一年级了。李先生是老私塾先生，他只教私塾，不懂新学，不事稼穑，正常地成了不能自食其力的寄生虫，他落魄的样子像济公。儿孙满堂的李先生一个人独自生活，那是一间土坯房，周围是菜地。蜜蜂开始在菜地舞蹈时，常常钻进土墙的眼子里。这是我小时候最想看到的情景，拿一个空瓶子，将瓶口对准墙的眼子，不一会儿蜜蜂就钻进瓶子里。你用大拇指捂住瓶口，凑在耳旁，那声音就像现在的歌手那英唱歌。李先生看到我和同学做这种游戏，站在那里摇头。可能除了我，其他同学都认为他是个疯老头儿，没有人搭理他。我爸爸妈妈这一辈的人都称他老先生，我因此称他为李先生。人们称他先生，已不含尊敬的成分，只是习惯，如同人们习惯地称桌子椅子一样。所有的人都不太在意也无须在意他。

我很少去那间土坯房，里面太脏了。南墙在门的左右各有一个窗户，所谓窗户，其实就是洞。冬天用旧报纸糊着，其他季节都是敞开的。有一年大雪，老先生只能用砖头堵上窗户，如果不开门，屋里没有灯光。后来在城里见到路边砖砌的垃圾站，我就想到老先生的房子。我硬着头皮去了李先生家，开始学古文。我问他怎么用文言文称呼我们大队的人，现在大家都叫社员，从前呢？李先生沉吟片刻说：应该叫"氓"吧。"氓"，《说文》曰"民也。"李先生说完，又以《诗经》的《氓》为例。他又纠正我的读音，不是读流氓的氓，而是读"门"。李先生先引《说文解字》，再引《康熙字典》。我没有见过《说文解字》，只是翻过《康熙字典》。李先生床的踏板上堆放着《康熙字典》，这是我第一次见到叫线装书的东西。

我对李先生的态度始终有些踌躇，他说的话教的书，都是旧时代的。我不想读古书，我想学文言文。李先生一笑，既学文言文，为何又不读古书？李先生进一步说，你们的语文老师那样教文言文是不对的。他看我有些惊讶，重复地说：真、的、是、不、对、的。我把语文课本带给他，他说他要先帮我整理一下语文课本。我不知道他的整理是什么意思，就把课本丢在他那儿。上语文课时，老师让我读课文，我说书忘了带。第二天上课，陆老师看到我和同学合用课本，便说：你怎么又不带课本。他对我这个好学生有些失望，下了课找我谈话，提醒我不要骄傲。毛主席说过谦虚使人进步，骄傲使人落后。知道吗？语文老师从我的眼神中看出了我的愧疚，便不再说什么。

傍晚，我慌张地去找李先生。李先生正在舔勺子里的玉米糊，胡须也粘上了。他停下来说，我正要找你。我拿到课本一看，心情比去找他时还要慌张，他用红笔在我的课本上圈圈点点，像老师给我们改作文一样。我不完全懂他说的话。他反复跟我说，时文选得太多了，时文不好作范文。又指着《口干舌燥心里甜》那首诗说，这怎么能叫诗呢？唐诗才是诗。那时我开始对词有兴趣，便问：词呢？李先生说：词乃诗之余。但他并没有和我讨论这些话题的兴趣。他把饭勺搁在锅盖上，背朝我说：我赞成革命，赞成劳动，可谁去读书呢？你要读书。

李先生年轻时候好像也喜欢过新文艺。一次他在讲《诗经》前拿出一本纸张已经发黄变脆的杂志给我看,这上面有他写的新诗,而且用了笔名。我记不清李先生的笔名叫什么,只记得封面上有个吹喇叭的胖娃娃,腋部还长出了翅膀。他说,你知道杂志为什么叫"嘤鸣"吗?我当然不知道。他随即吟诵道:"嘤其鸣矣,求其友声。"又解释这是《诗经·伐木》中的诗句。我问他借《诗经》,他没有了,你看到我什么时候有《诗经》这本书,诗三百篇,你不能背下来,还算初中生?李先生说,我会背诵,你跟在我后面背诵就行了。

伐木丁丁

鸟鸣嘤嘤

出自幽谷

迁于乔木

嘤其鸣矣

求其友声

相彼鸟矣

犹求友声

矧伊人矣

不求友生

神之听之

终和且平

磕磕绊绊背了几天，我能记住的也就这几句了。

这显然让李先生大失所望：看看这些小鸟儿，还在叫着到处找朋友呢。友声难求，友声难求。你们都说我是个懒汉，但我传道授业解惑也是劳动。我是劳心者啊。孔子会种庄稼吗？他会插秧，他会放渣，他会开手扶拖拉机吗？他会养猪，他会拾麦穗吗？他都不会。这影响他成为圣人吗？不影响。当他说孔子是圣人时，我异常紧张。

李先生躺在长条凳子上背诵时几处说到"酒"字。我终于从中学图书馆借到了《诗经》。我先查了他说的《诗经》中的《氓》，再查了《伐木》，抄在纸上。关于"酒"的那一段，许多字我都不认得，李先生最后拉长调门背的两句是："迨我暇矣，饮此湑矣"。我查了《新华字典》，明白"湑"是过滤后的酒。我不能读懂这两首诗，便去问语文老师。老师说：《氓》？流氓的氓，他也把 meng 读成了 mang。老师说，这样，我先看一下，再给你解释，好吧。我等了好长时间，老师始终未给我解释，我几次去他办公室交作业时，他都只字不提。有次劳动课上，我实在忍不住了，又问了。老师说：我不能完全解释清楚，老实说有的地方我也不懂。但我要提醒你，《诗经》你不宜读。你当心点。我这是保护你,晓得吧。

也就在那一天,这位老先生问我:你也在批孔子?他说:你读过几章论语,你能批孔子,你们写的那几首儿歌狗屁不通。什么"孔老二贼林彪,都是坏东西。"这两人能放在一起吗?我看你不要参加批孔子的故事会了。你批林彪不要紧,孔子你不能批。你没有读过《论语》,你不能批孔子。他重复了好几遍:知之为知之,不知为不知,是为知也。

这是我和李先生的接触中他第一次说这么多的话,我很惊讶他维护孔子,也很惊讶他用孔子来为自己解释。他说的这些话正是语文课上老师要我们写批判稿的内容。我心中闪出的想法是,李先生这样的人也是孔子和林彪的社会基础。我觉得这很危险。李先生还提到了一个叫"冯友兰"的教授。我在报纸上也看到这个人的名字,李先生说他是北大的教授。李先生很纳闷地问我:这个人过去是尊孔的,现在怎么会批孔呢。我显然无法回答他的问题,他的这番话让我感到他并不是村上人说的那种书呆子。说完这番话,他又躺到长条凳子上,继续背他的《伐木》。

那时,我已读过鲁迅的《孔乙己》,李先生和孔乙己在某些方面有点像。孔乙己去咸亨酒店,从口袋里排出几文钱,李先生同样是穷困潦倒。哦,李先生想喝酒,哪里有酒?牧童遥指杏花村。除了冬天，李先生一直穿着长衫，上面有无数他自己缝的补丁。有时候天气并不冷，他却在脖子上绕一圈围巾。这条围巾像抹布，抹嘴巴上的稀饭，抹桌子上的汤水。当时粮食紧张，他不是"五保户"，生产队无法给他额外的粮食。我从来没有看到他用过钱，买过东西。很奇怪的是，这种情况如果在另外的家庭出现，村上的人一定会声讨子女不孝敬老人。但李家这种状况，谁也没有觉得异常。

李先生走在路上，不熟悉的人肯定以为他是讨饭的。李先生不讨饭，他去各家借米借油盐，说我会还的。各家都给他一点，告诉他还不还再说。所有人都明白，老先生实际上无法还的。那时，我爷爷在另一个公社的粮管所，偶尔会买到几斤山芋干，带回来时，我会送一些给他。老先生借东西时，都会向主人作揖致谢。我送过去时，他一样作揖。这种动作的斯文和说还的诚信，透露出这位老先生骨子里的教养和尊严。但老先生的状况越来越差，骨子里的东西很快被穷困潦倒击垮了。那时村上人家办事，会有酒水。通常是和我同年龄的一个瞎子站在人家门口，主人会盛一碗饭菜给他。后来发现，李先生也这样站着等主人施舍。一次，我们家办事，李先生站到我们家大门口。我妈妈说，老先生你进来吃饭吧。老先生吃完饭，跟我说：那个字读 meng，不是读 mang。他说的时候直喘气，好像是发哮喘了。我把他送出大门，在昏暗的路灯下，他弓着腰往前，嘴里咕嘟咕嘟不知说着什么。

　　这是个温暖的秋日。放学时，老师把我叫到办公室说：我正式通知你，公社文卫办选中你参加"批林批孔"宣讲团。回家的路上经过一片稻田，又听到耕田的胡老爹在打牛号子。我背靠草垛对着田里的稻桩撒尿时，猛地听到胡老爹的一阵长长的牛号子声嘹亮起来。我呆住了，觉得这个老头一生的力量都在号子声中。后来我所看到的写黄土地的电影中有过类似的情景，但我觉得胡老爹的牛号子更有一种田园抒情味。老头子打号子的余音给我的感觉，很像我们在河边用瓦片打水漂，瓦片紧贴着水面，一圈圈涟漪向远处扩散过去。我又到生产队场头养蚕房，听到妈妈的摇篮曲。妈妈正一边喂蚕一边哄隔壁家的孩子睡觉，妈妈对着欲睡不睡的宝宝唱着摇篮曲：风呀微微地吹，鸟呀吱吱地叫；宝宝的眼睛像爸爸，宝宝的眼睛像妈妈，宝宝的鼻子嘴巴既像爸呢又像妈……妈妈唱第二遍时，宝宝不哭了，只有蚕食桑叶的声音。

　　这一天晚上，李先生突然到了我们家，问他吃过没有，他没有回答。我妈妈盛了一碗粥给他，这才发现他夹了一包书过来。打开报纸，这是一部《康熙字典》。李先生说：这字典我用不着了，送给你。我爸爸知道这是清朝什么年间的版本，便说这是宝贝。李先生说，身无长物，只有这字典了。李先生问我：怎么批右呢？我无法回答他的问题，而且不明白，他怎么会对政治感兴趣。李先生说：右尊左卑，自古而然，我给你讲过。李先生说的是文化，不是政治。他又问我：怎么是"师道尊严"，以前是说"师尊道严"。李先生问我：最近在学什么？我说：在学习毛主席的词二首。他说：毛主席伟大。我又送他出门，他说：有这部字典，你不用我教了。

第二天，我傍晚从田里回来后坐在堂屋的门槛上，耐心地用手指剔除脚指甲的烂泥。爸爸说：老先生死了。老先生昨晚投河自杀了。又过了若干年，老家在翻新房子时，这部《康熙字典》放在一个纸盒子里，我爸爸说下次去苏州带给王尧。但这部字典后来不翼而飞，被谁拿走了至今仍然是个谜。我想起我和老先生接触到的书刊大概有四种：《康熙字典》《诗经》《古文观止》和《嘤鸣》杂志。李先生带着他的文言文走了，但这些书和杂志都还有，只是这个版本的《康熙字典》很难寻觅到了。

我一直对《嘤鸣》这份杂志好奇。多少年后，我悄悄去看了李先生读书的师范学校。在为学校所在县城的文学爱好者作过一次报告后，获赠了一套当地的文史资料，在翻阅时无意中知道了这份杂志的来龙去脉。资料记载：民国十六年到十七年间，在南通中学高中部就读的学生杨、韩、解三人，受到夏丏尊、叶圣陶先生主编的《中学生》影响，自费在当地编印了这份期刊，封面那个像西方神话中安琪儿的胖娃娃出自丰子恺先生的手笔。此时李先生在师范读书。我兴致冲冲赶到市图书馆，馆藏也没有这份杂志。我在师范学校徜徉时，已经是寒假。除了工友在传达室弄出点响声，校园里悄无声息。李先生为何中途辍学返乡一直是个迷。直到李先生投河以后，有位长者给了一个答案：你不要难过，你的那个老先生也不是圣人，他是偷了学校的书被开除的。我无法辨析他说的是真是假，我也不知道他偷了图书馆的什么书，但我很自然想到了他临死前一天送到我家的那套《康熙字典》。我不知道他偷的是不是《康熙字典》。

很长一段时间，我外出时喜欢在县城或乡镇的老街逛荡，看看有没有可能寻觅到一部清朝版的《康熙字典》。在苏南的老街上，我仿佛行走在家乡的老镇。我后来知道，这些地方可能都曾经是我的祖先行走过的地方。这些似曾相识的砖与瓦，同样浑黄的河水，过于清洁的街道，并没有给我带来亲切感。一次，我从老街上走过时，已是傍晚，老街在阳光消失后突然变得更加幽长，当我看不见自己的影子时，我就想起了鬼，这是小时候大人恐吓我们这些孩子时留下的心理阴影。一个孩子心中的阴影就像幽长的老街一样幽暗和狭长。我逐渐明白，愈是阴暗的地方愈适合卖古玩、古典、古董什么的，暗与潮湿会把不同角落的历史统一起来，又能把时尚修饰成古玩、古典、古董什么的。

在幽暗和狭长的街上，我觉得会和老先生和《康熙字典》相遇。但我一直没有寻觅到线装的《康熙字典》，也很少遇见像李先生一样穿长衫的人。

先生和学生

我二十岁不到，就有人称我"先生"了。

二十岁当然还没有德高望重，"先生"只是这所学校同事之间的正常称呼。我其实有点习惯先生的称呼，读高中以后，我父亲就开始偶尔喊我"大先生"。这所吴堡学校离我们村不到十公里，现在看来很近，当时没有自行车，一路走下来会觉得有点远。我在那里代课近一年，多数时间是每天来回，下课了走回莫庄，早上起来去吴堡。但到了冬天，每天来回就不是那么方便，为了不影响早上的课，也不想来回那么辛苦，很多时间我就住在吴堡的学校。我原来也是白面书生的样子，好像就是从那一年开始，脸上开始有点黑。

我们那一带用"堡"来命名村庄的几乎只有吴堡。舍和庄是常用的，比如我们村就叫莫庄，在不远处有陶庄、草舍什么的村庄。我在那里待了近一年，一直没有问同事为什么叫吴堡。吴堡姓吴的居多，同事中有很多吴老师。我报到后，同事喊我王先生。我开始以为因为我是从外村来的，所以他们特别客气。很快发现，他们之间也互相称吴先生刘先生张先生，学生有时也喊老师先生。这确实有点特别，我没有想到这个村上的学校还有称老师为先生的古风。

在去吴堡代课之前，我在本村的学校也有过短暂的教学经历。我不记得自己小学有没有学过汉语拼音，如果学过，老师肯定也不是读得很准。在本村学校教语文时，涉及到汉语拼音，我也读，但个别拼音不是读不准，而是发出来，比如l和n我就区分不开，en和eng读出来是一样的，不分前鼻音和后鼻音。语文课的课代表是个女生，我感觉她的读音很准。遇到冷僻的字词，我在黑板上写下汉语拼音，我先读一遍，再请这个女生读一遍。这一教学方式倒没有让同学反感，他们觉得老师谨慎和谦虚。后来上大学，我基本上讲普通话了，有些读音还有明显的乡音，这给班级带来了一些热闹的喜气。大一要考汉语拼音，我第一批通过了。记得老师让我读的是刘白羽《长江三日》的片段，虽然自我感觉很好，但没有把握。公布成绩时，我是合格。这给我的一些同学鼓舞，班上还有比我乡音更重的同学。我做班长，经常要说话，同学会记得我带乡音的普通话，几个不怎么说话的同学偶尔开口，大家才发现乡音最重的不是我。

一个时代会给人的成长很多影响，我带有乡音的普通话其实也是那个时代教育和文化的产物。当时除了教语文外，还教生理卫生知识。这课也有点麻烦，生理卫生知识当然是科学知识，但涉及到生殖器、性等话题，就不纯粹是科学问题，还与传统和习俗有关。二十世纪七十年代末在乡村，有些话说出来还是让人脸红的。我记得讲生殖器这一部分时，少男少女都打开书本，准备听王老师怎么讲。我说：同学们，老师今天身体不舒服，这一节课你们自学啊。印象中，同学们面面相觑。我在教室里来回走动，感觉这一节课时间太长了，我好像在教室里万里长征。在我最迷惘的那些日子里，学生的单纯成为我向上的力量。

1979年的冬天，在我的印象中已经很模糊了。那时村与村之间还没有现在这样的马路，就是田埂。夏天的庄稼是清洁的，但田埂上是湿漉漉的，泥巴会粘在鞋子上，也经常会等几条蛇从田埂上游过。我特别恐惧蛇，所以会主动让道。即使没有看到蛇，我也会留意蛇的出没。秋天的庄稼色彩斑斓，看到稻穗饱满了，黄了，就像看到学生考出好成绩。走在秋天的田埂上，鞋底下的颜色从绿到黄，泥土从湿到干。等到棉花秸长高了，野兔开始流窜。棉花拾完了，猎人开始扛着猎枪在田埂上搜寻野兔的踪迹。收棉花的季节，田野和天空一样空旷，打猎的蹲在干涸的水沟里张望，等待野兔野鸡出没。在田埂上来回时，偶尔看到有人牵着羊，羊吃草时的安静和猪在圈里吃草时的张扬形成鲜明的对比。当我看到猎人和羊时，我没有想到，有一天我会在吴堡的学校吃野兔和羊肉。

我每次从吴堡回莫庄，过了村口，在田埂上总会遇到我班上的学生，或者是其他年级的学生，他们提着篮子或其他工具在田间干活。如果见到我了，会停下手中的活儿喊我"先生"。此时，青年的我在他们身上看到了少年的我。我曾经和他们一样，饥饿、寒冷、勤快、憨厚、无助、挣扎。他们手上的泥水，额头上的污垢，书本里的树叶或青草，也曾经在我指间、额头和书本上。我在田埂上常常遇到的一个男生，是班上个子最高的，都喊他大个儿。大个儿成绩一般，但爱做事，擦黑板、扫地，样样都做。我下课后有时不回办公室，站在教室门口，看他擦黑板，他把袖子和衣襟上弄得满是粉笔灰，眉毛也白了。这时我也有一丝怜意。大个儿平时作业还行，但考试不行。一次我叫他到办公室，指着试卷问他：这么简单的题目怎么也做不出来？是不是粗心？大个儿紧张地回答我：先生，我不是粗心，我不会做。他的诚实，倒让我无法批评他。其实，有不少孩子，即使再努力，也考不出好成绩。我逐渐知道，大个儿家庭比较困难，她妈妈好像是残疾，有一个妹妹在读小学，全家就靠他父亲。大个儿说，初中毕业后他就不读书了，先干活儿，等年龄到了，去当兵。我说这是一条路，参军也很好。大个儿听我这样讲，受到鼓舞，他捏紧拳头说：先生，我很有力气，我也不怕死。大个儿站在我的办公桌旁边，他向我鞠躬，然后离开，我自然而然地站起来送他到了办公室门口。这个场景好像是在村口，他戴上大红花，和乡亲们告别,他参军去了,我在送他远行的乡亲们中间朝他挥挥手。离开这所学校后,我就再也没有见到大个儿,也没有听到过他的消息。也许,也许他参军了,也许他从来没有离开过村庄,也许他在某个城市打工。我不能猜想他的命运,但我相信以他的诚实和干劲一定能自食其力。

在冬天还没有到来时,我基本上每天返回家中住宿,第二天清早再赶去学校,所谓早出晚归。住在学校的时候,有个工友烧饭,四十年过去了,除了记得青菜萝卜和豆腐外,就是几次吃羊肉和野兔。我们那一带养羊的人家很少,也几乎很少吃羊肉。我很不习惯羊身上的味道,烧熟的羊肉也有膻味。乡下还有一个说法,做老师的嘴馋,不是干部,没有人请,又成天讲话,嘴巴里没有滋味。本来这一天我准备回去的,同事说,不用回了,今天我们一起吃羊肉。那一天午间,我已经看到工友在杀羊,我想应该与我没有关系了。同事这样一说,我就不能以自己不吃羊肉婉谢,因为这种聚餐是 AA 制,如果我不参加,同事会认为我小气。留下来吃羊肉的这一天,下午下课,大个儿没有擦黑板,工友喊他去厨房烧火了。我去查房时,大个儿还在拉风箱,灶膛的火把他的脸映照得红红彤彤。尽管我吃得很少,但我开始吃羊肉了。后来负笈江南,学校附近的小巷子到了冬天都是卖"藏书羊肉"的小店,很多人在夜间进进出出喝羊汤。我大学四年没有进去过一次，工作后住单身宿舍，晚上熬夜，有同事会说，出去喝碗羊肉汤吧。我逐渐开始习惯吃羊肉了，也逐渐忘记在吴堡吃羊肉的那个晚上了。

这是我最早适应的 AA 制。1979年的秋天和冬天，我还和同事吃了几只野兔。通常是在傍晚放学时，那个打猎的中年人提着野兔来到学校教师办公室。这种情况下，我便留下吃晚饭。留下吃饭的老师平摊这只野兔的钱，账记在那儿，发工资时扣除。有些老师从不留下吃这顿有红烧野兔的饭，起初我也有点犹豫，但同一个办公室的几位语文老师说，你怎么能回去吃饭？我便留下，后来就成为吃野兔的当然人选。当时代课，一个月的收入是8元，如果是民办老师则在12元左右，而公办老师是29.5元。一校三制，即使民办教师的工作量超过公办老师，待遇也是如此。可在当时，8元、12元的月收入在乡村算是比较高的了。这可能就是打猎的人总是把野兔送到学校办公室的原因。

有了几次旁观别人杀野兔的经验，我也学会了杀野兔。先用小刀削开野兔嘴巴的皮，再用一根钉子把野兔的嘴巴钉在树上或者墙上，然后两只手的拇指食指分别捏住野兔嘴巴的皮往下拉，开始缓慢，等过了野兔脖子这个位置，一使劲，一块完整的野兔皮就脱落下来。这个时候，除了老师，学校已经没有学生。冬天的残阳并不如血，深褐色的野兔挂在树上，鲜血顺着躯体往下滴答。我有了一次亲自动手的经验，再也不敢做第二次。深冬到来，当我看到打猎的人又提着一只野兔跑到办公室时，我借故回家了。我走出村口时，回头望望我背后的村庄。在这所学校代课结束后，还有其他代课机会，但我放弃了。在父母的坚持下，我准备集中精力复习迎考。为了生活，父母亲廉价卖掉了几根准备造房子用的屋梁，买主就是我代课的吴堡村上的一户人家。

其实我也不是借故回去。秋季开学后，收缴学费和书本费成了一件难事，快要放寒假了，还有几个同学没有缴费。其中有一个女生，是成绩非常好的班干部，没有交费。我一等再等，但学校催我赶紧完成这件事。我只好把她叫到办公室，她哭了，什么也不说。我了解她姐妹特别多，母亲身体不太好，但学校没有减免的意思，只能催她了。看她哭成那样，我差点儿说，实在不行，我替你交吧。没有说的原因是我母亲复发肾病，需要有钱治病。我后来只好说，不能拖过放寒假啊。隔了两天，下午第一节课，铃声响起时，她提了一篮子鸡蛋，放在讲坛上，对我说："先生，我先交一篮子鸡蛋。"我不知所措，让她回到座位，小心翼翼地把篮子放到地上。下课后，我把这篮子鸡蛋送到厨房，我和另一位老师买下了。买了鸡蛋，我没有钱吃野兔和羊肉了。

  这一天，我提着鸡蛋回家。走到田埂上，我回望了村子。在村子的东边，有一所学校。这个学校的树上，曾经挂着一只野兔，我剥下了它的皮。还有一篮子鸡蛋，不是放在讲坛上，而是压在我的胸口。

邂逅

"天下没有不散的筵席。"我们还在院子里嬉闹时，同学的叔叔出来说了这么一句话。

我们一下子安静下来，散了。从院子出来，大家一一道别，明天各奔东西。高中毕业后，我和多数同学没有再见过面，偶尔邂逅，或者接到同学的电话，多是咨询孩子读书的事。直到微信兴起后，热心的同学建了微信群，我们大多数人才在一个虚拟的现实中嘘寒问暖。我是少数几个客居他乡的同学，特别能感受到同学们的乡情。他们有时候会发来聚会的视频，看他们醉酒的样子，我也被感染。有几位同学每天早上都给我发来不同的早安图片，我只会单调地回复早上好。他们发来的图片每天都不一样，让我开眼界。时间长了，这样的图片也少了。坦率说，我们彼此已经陌生了，只有说到过往共同的经历才有共同的话题。不管怎样，同学情谊还在那里，是一种凝固的情谊，就像一块方糖，放进咖啡里，喝下去，多少会感觉有点甜。

我们这些乡村孩子，在那个年代最向往的是改变自己的身份，过早地认同了别人的身份和记忆。我们并不知道我们会去哪里，但我们都相信读了高中，自己的命运会有不同，会朝着一个好的方向走。当时文明的轨迹是离开乡村，后来文明的路程是返回乡村，这中间应当有太多的环节。许多有乡愁的人把复杂的问题简化了。成为一个在城市里生活的知识分子后，我也和别人一样，省略了许多中间的环节。我至今不明白，同一条路，往返之间为何有这么大的差异。我和许多乡村的孩子一样，有了实现自己身份转换的过程。这个过程看起来只与一次考试有关，但它几乎是几代人煎熬的结果，甚至是一个偶然的结构。从村庄中走出，也是反抗命运，这是乡村孩子才能体会到的那种感觉。少年的我仰望乡村的天空，所见几乎都是茅草屋顶，现在太阳下的黑瓦红瓦不管风吹雨打总是那样自在，可是，屋顶上已经很少有啄食和栖息的小鸟。改变的结果是复杂的，当你和自己的同学不在一条轨道上，即便你再平和、再真诚，距离还在那里。这种乡愁是痛苦的。

　　我是在南京站遇到这位女生的。我下了火车，在月台上才走了几步，听到有人喊我的名字，我停下脚步。一个和我年龄相仿的女生走到我面前，笑嘻嘻地跟我说：王尧，你不认识我这老同学了？我尴尬地笑笑说：你好你好。她没有说自己的名字，我迅速搜索，怎么也想不起来，只是因为她说了她是我的同学，我才觉得她看上去有点面熟。这位女同学还要说什么时，火车启动前的铃声响了，她赶紧上车去了。我们是同一辆列车，我在南京下车，她在南京上车。列车哐当哐当动起来了，很快消失在视线中。人与人的关系常常就是这样，你上车，他下车，瞬间就错过了。

　　这是一次邂逅。我们应该有三十多年没有见过面了，如果她确实是我的中学同学。她从一个中年人的模样里发现了一个青年，不是我没有衰老，而是她留下了一个同学的青春记忆。那是深秋的下午，我穿着长长的黑色风衣，月台上的风已经有凉意，我把风衣的领子竖起来了。在一瞬间，我心里有了暖意。这位同学是谁，我搜索和追忆了几次，都不能确定。

　　是不是她呢？我最初见到她是在爷爷工作的粮管所，初二的暑假。我在营业厅，一个女生进来了，穿着白色的短袖。我听她的口音，觉得不是本地人。她买好东西，出门时跟爷爷打了招呼，也朝我微笑点头。我问爷爷她是谁，爷爷说是从无锡下放到这里的。难怪。我没有想到，暑假开学后，我在镇上的高中见到了她，我们是一个班级的同学。我们彼此都没有犹豫，就认出了对方。她知道我爷爷的姓，到了班上又知道了我名字。原来她所在的那个公社没有高中，就到我们这里来念书了。这位来自无锡的同学，和我最初见到她时的感觉一样，她始终微笑着，一直到离开学校，举家回无锡。她总是穿着很素净的衣服，无论春夏秋冬。圆圆的脸上有几点雀斑，更显得朴素。回想起来，我总觉得她的发型不对，扎着一个马尾巴，圆圆的脸似乎更圆了。不过，那时女生的发型都很简单，除了齐耳短发，就是马尾巴，没有梳辫子的女生。多数女生和我们男生一样，都穿着性别特征不是很明显的衣服。

那个时候我喜欢吹口琴，特别闲着的时候会在宿舍里瞎吹。谱子从哪里来呢？她告诉我，你可以给中央人民广播电台写信，说你需要谱子，广播电台会给你寄。我有点怀疑，没有写信到北京。好像过了一个月，我已经忘记这事时，她拿来一个从北京寄到学校的信封，我打开一看，果然是印着谱子的几张纸。这个晚上，我才试着吹了新的曲子。我们读高二上学期时，许多下放在我们这里的人家开始回城。她告诉我说，下学期他们家也可能回无锡了。到了学期末，要放寒假了，她说寒假后就回无锡，要和我们告别了。我们这个小组的同学准备为她送行，但想不出好的形式，有同学说，我们一起去看场电影吧。当时还不知道要恢复高考，她能够回城，我们都替她高兴。从电影院里出来，有同学问她，高中毕业后做什么，她说她想当工人，无锡的纺织厂很多。我们听了都很兴奋，特别羡慕她高中毕业后就能找到工作。

高中的学习生活是淡淡的，没有什么故事，只有一些细节。这些细节，也在日光流年中逐渐稀释。我那把口琴早已不知去向，我甚至忘记了我曾经吹过口琴。回到无锡的刘同学，好像给我写过一封信，寄了一些谱子，还有几张卡片。卡片一面是年历，一面是刘晓庆或是陈冲的剧照。这已经是"文革"结束之后了。我们后来再也没有联系过，直到我在车站邂逅那位女同学，我才想起会不会是她。好像不是，她的个子没有这么高，脸也没有这么长。但我又想，三十多年过去了，无论男生女生，会变成什么样都很难说。我不能确定在车站见到的女生是她。

会不会是她呢？我也犹豫。从气质上看，真是有点像。但她的样子我几乎没有印象了，她是另外一个班级的。我们这一届高中有三个班，最活跃的女生似乎都集中在我们这个班级。她是一个例外。我知道她，是因为有同学说这个女生谈恋爱了，学校找她谈话了。我后来对她印象更深的是，学校发现《少女之心》在同学中传开后开始查源头，据说她是最早读到这个手抄本的同学之一。但她坚决否认，坚决不肯承认是她传到学校里来的。她和我说的那个"初恋"的同学是一个镇上的，关系不错，经常在下课后到我们班级来聊天。我看她有点异样的眼光，她可能也发现了，便对我说，你们不要冤枉好人。她直率，甚至张扬，讲话声音也很高，是一个有个性的女生。那个年代有个性的女生不是很多，多数都是平平常常的。快要高中毕业时，又传来她先和谁恋爱了，再和谁恋爱了，似乎给大家形成了一个交往不够谨慎的印象。我们高中毕业，几个要好同学聚会时她也参加了。我忘记那天晚上我们喝什么酒了,她的话很多,和我碰杯时跟我说:你们男生是不是怕我啊。我还没有回答,她就哈哈大笑干杯了。我们后来没有再见过,断断续续听到她的消息。有个性的女生能够折腾,先是听说她到上海,又听说后来在南京还是什么地方安家了。都不能确认,可以肯定的是,她离开小镇了,是我们这一届女生中唯一去外面闯荡的人。有一天,某个同学给我电话,说她想找我咨询高考的事,能不能把我电话给她。过了一段时间,我收到她的短信,也通过几次电话,回答了她的问题。她说她现在很好,有机会到苏州来看我。我想,我在车站如果遇到的是她,以她的性格,或许会自报家门。

其实,我这样的追忆是无果的。那些温和的女生和男生几乎都默默无闻地在生活中消失了,水波不兴的日常生活是多数人的境况。我曾经回过一次中学,物是人非,给我上过课的老师几乎都退休了。我从学校大门出来时,遇到了另一个班级的女生。她的父亲曾经在我们村上的学校教过书,我和她也就多了一份亲切。她已经成家,是一个孩子的妈妈。我从她脸上的表情看出了她幸福的生活,她邀请我去她家坐一会儿。我正好要赶路,就说:你有机会到苏州时联系我。这不是一句客套,但我知道她去苏州联系我的机会也是微乎其微。好像是过了一个学期，我突然接到一个同学的电话说，某某某患了白血病，想去苏州的医院看医生，能不能帮忙。我随即答应，当天就联系了医生。我没有想到，我们是这样在苏州见面的。许多年过去了，我还是不忍心追忆我们在医院见面的情景。从苏州回去以后，我陆续听到她病情恶化的消息。终于有一天，那个最初联系我的同学打电话给我，告知她去世的消息。又过了几年，又听到另一个同班女同学患白血病去世了。这位女生和我在《曾经的仪式》中提到的左老师同姓，我一直遗憾当年读书时没有问她，左老师是不是她姐姐？

中学毕业的前一个月，我们小组的同学一起劳动，在学校东边大桥附近割草。我们几个同学站在桥上，议论毕业后的去处。在可以预设的未来生活中，参军、做民办代课老师和学手艺做匠人是我可以选择的道路。我们这代人是在崇拜军装的年代长大的，大学第一学期我带去的春秋衫便是一件绿军装。我首先想选择的是参军，戴着大红花在鞭炮声锣鼓声中从村前大桥走出去，沿着那条向南的道路，越过田野，往公社再往县城。这条路径是我的许多长辈走过的，他们还时常穿着褪色的旧军装在田地干活，部队生活成为他们一生中最美好的记忆，也成为他们在乡村生活的政治资本。在我熟悉的那些退伍军人中，多数人在退伍回乡后再也没有走出过县城，军营是他们到达的最遥远的地方。我自然羡慕的不是他们，而是他们的战友，那些在部队提拔了的老乡。几位做了排长、连长和副团长的老乡，以另外一种姿态回乡探亲，他们的老婆不再是我熟悉的农村姑娘。这对一个乡村的孩子有太大的诱惑力。读初中时，邻居的一个亲戚从部队回来过春节，他穿着海蓝色的呢军装，披着一件呢大衣，英俊威武，给我强烈的心理震撼。也许有一天，我也穿着军装回到我村庄。我不知道我的这些女同学有没有想嫁给军人的。那天的风很大，我们的头发都被吹乱了，就像心里一样乱。一个女同学说，我就在大队劳动，不去哪里了。她果真兑现了在桥上说的这句话，后来听说她在村上做了干部，再后来又听说她女儿考上大学了。

许多人和事，已经无法寻找和确认了，也许我的记忆和叙述是朝着相反的方向进行的。我在《雨花》上的几篇文章发表后，几个同村的学弟学妹在微信群转发了。他们说我笔下人物有些熟悉，有些从来没有见过。这与他们比我年轻没有关系，我的写作也是选择性的记忆叙述。如果有中学同学读到这篇文章，或许其中有一位会想起车站的邂逅。

氣功叔叔

好像是在我发高烧时，王叔叔快速驮我去医院了。

医院在大桥向南两千米左右的一片农田里。除了镇上的中心医院外，我们这个医院是公社最大的，方圆几十里的人生病了都在这个医院就诊。我现在模模糊糊记得自己在王叔叔厚厚的背上晃动着，然后坐在医院走廊的长条椅子上挂水。这一年流行疟疾，俗称打摆子。在开始发烧的时候，我喝了很多树根熬成的汤，还是没有效果。在我的嘴唇上似乎有了霜以后，父母亲知道要送我去医院了。这个时候，王叔叔正好在我们家。

父执辈中，这位王叔叔是外乡人。直到我读大学后，我才有机会去了他的家，台城西溪八字桥附近的一座老房子里。我们这个大队在二十世纪五十年代曾经是乡政府所在地，后来撤掉了，但供销社、医院、电话总机、学校等都保留下来，成了公社以外的另一个相对繁华的中心。我在村上长大，但生活在小镇式的氛围中。各路人马都会在这里进出，带来与我们村不同的气息。在那样一个年代，这个空间算是相对敞开的。王叔叔在电话总机房工作，除了转接电话，还负责线路维修等，是位技术工人。他当时还年轻，我们村上的人都叫他小王。等到人家喊我小王时，他成了老王；我成了老王时，他是王老了。

我高烧退了，王叔叔与我们家的情谊加深。他和我父亲有相同的爱好，喜欢写字。那时村上没有宣纸，平时写字用的是一般的白纸，或者写在报纸上。我对写字的兴趣，就是在他们切磋时养成的。王叔叔擅长隶书和毛体，他在青少年时应该读过帖临过帖。和王叔叔比，我父亲写字可能更多地与天赋和感觉有关。王叔叔的隶书在我的记忆中基本上是书法家的水平，他用浓墨，纸张铺开时，先是哈哈大笑，然后落笔，写完了，又哈哈大笑。那时，我没有书法的常识，听王叔叔说，他学的是汉隶。我们家造房子，上梁时王叔叔送来写在红纸上的对联，贴在木柱子上差不多十年没有破损。我有事没事会看这幅字，觉得这就是字帖。我现在看一些书法家的字，常常想到我父亲和王叔叔挥毫的情景，他们那时便把豪情写在纸上。如果以他们俩做参照，一些人真的不能称为书法家。在他们都落笔后，我也好奇地用毛笔在报纸上画几笔，然后开始练柳体，然后开始大胆写春联。父亲和王叔叔看我写字，都说我太拘谨。他们建议我练颜体，说这样可以加强骨力。我开始知道颜和柳，在王叔叔写毛体时，我又听到"乱石铺路"的说法，听说了一个叫张旭的草圣。很多年以后，王叔叔再看我的字，他说我写得比他好，但还是太拘谨了。

乡村散落了许多文化人，他们没有机会表现，甚至也没有坚持下去的理由。做与生计无关的事，才是真兴趣，但兴趣往往被生计磨损了。我小学毕业时，大队的总机房也撤了，王叔叔到公社的邮电局了。他留了一本草书字帖给我，好像是民国的版本，我照着写，怎么写都还是正楷的样子，看来我是拘谨到骨子里了。这本字帖也不知道在何时何地被我遗失了。我好像再没有看到过王叔叔写字，他的兴趣转移了，开始更多地关注女儿的成长。他有时候也骑着自行车从镇上到我们家，这个日子的饭菜，通常是我们家一年中最好的。知道他到了，不是因为自行车的铃声，而是他的哈哈大笑声。就像领导干部下车以后受到夹道欢迎一样，他从大桥上下车后，一路和人招呼，本来五分钟的路到我们家，他差不多用了二十分钟。这里有他青春的记忆，有他青年时期的朋友。我们去镇上，他一样热情地招待我们。我印象最深的不是吃了什么，而是每次去都能够见到他的新朋友。他的朋友特别多，如果生活在古代，王叔叔可能是位侠客。

我到镇上读高中，王叔叔已经回到台城了。我们见面的次数越来越少，我很少有去台城的机会，只是暑假劳动时会去台城的体育场割草，没有时间也不方便去看他。差不多在春节期间，王叔叔会到我们家。这时候从台城到镇上的公共汽车通了，他可以坐车到我们村前的一条公路上，再走到庄上。和以往一样，他走到巷子口时，我们就听到他的哈哈大笑声。在我高考过线而没有被录取的那一年，他特地到我们家关心此事。

他询问我报考的专业，我说是中医。那几年我母亲身体特别不好，我放弃了文科，报考了医学。王叔叔很认真地告诉我，可能会扩招，他有一个熟悉的朋友愿意帮忙。王叔叔抄下了我准考证的信息，带回台城了。在台城，他还打来一次电话，说已经拜托朋友了。我将信将疑，但存了一丝幻想。最终当然没有等到录取通知书，但王叔叔对此事的关心，是我在人生低谷时最温暖的记忆之一。

在询问我报考的专业时，我发现王叔叔的兴趣已经从书法转移到医学上了。他说他现在开始给病人做针灸治疗，在我诧异时，他从包里拿出了几根银针。还像以前一样，他先是哈哈大笑，然后说针灸的效果如何如何，说完再哈哈大笑。那时我神经衰弱症尚未痊愈，他说针灸有效果。我害怕吃药，不怕打针，愿意尝试一下。我记不清楚他在我脖子以上的什么部位扎了一针还是两针，他轻轻旋转银针带来的酸痛感我一直有深刻印象。后来不时传来王叔叔针灸的一些消息，有说一个瘫痪了多年的人被他针灸好了，有说到他门上针灸的人络绎不绝，有说他被镇上的医院请去坐堂。等到他春节到我们家时，我们家也门庭若市，很多乡亲都来找他针灸。空闲下来，我问那些关于他针灸的传说，他没有直接回答我，仍然是哈哈大笑。他说他现在朋友很多，他给别人针灸不收费。我相信这是真的，他应该是个人道主义者。

以王叔叔的智慧和他对事情的专注，如果坚持下去，或许会在针灸领域取得成绩。可能因为风尚转得太快。等我再次遇到王叔叔时，他已经是气功师了。在我们家的堂屋里，王叔叔先做了一些简单的动作，然后哈哈大笑。为了显示气功的力量，他让一位访客站起来。那位客人诚惶诚恐地站着，王叔叔对他说，你的身体会随着我的手势动起来。堂屋里的人一下子都安静下来，甚至屏住呼吸，看王叔叔运功。站着的客人真的好像先向后仰再向前倾，大家都向王叔叔投去敬佩的眼光。王叔叔停下来，哈哈大笑。有客人说这里不舒服，王叔叔用手悬空转转，再用手摸摸，问怎么样。客人说，好像舒服多了。王叔叔说，一次不能治好，我现在很忙，你们可以到台城住下来，多治疗几次就有效果了。客人们散了以后，王叔叔对我说，你用脑，经常熬夜，睡前要打坐，早上起来也要打坐。他随即示范，我跟在后面模仿，怎么弄也没有办法把双腿像他那样盘好。我对气功的神奇，一直不怎么相信。但从王叔叔的动作看，我知道他确实是在练气功。很多气功师是骗子，王叔叔不是。他好像只是通过这种方式来表达自己的能力。晚上喝酒时，王叔叔虽然满头大汗，但酒量有增无减。同席的人问他，这个年纪了，酒量怎么这么大，而且不醉。王叔叔回答说，我有气功，我喝酒时把酒精运到脚下了。在座的都认为这是真的。从这一天开始，我们这边熟悉的人都喊王叔叔气功师，我们兄弟俩则称呼他气功叔叔。

气功师说他带了很多徒弟，其中有一位是苏州的干部。他说出了这个人的名字，问我熟悉不熟悉，我知道这个人的名字，但不熟悉。气功师说他什么时候到苏州，介绍我认识。隔了一段时间，王叔叔到苏州了。那时我还住在集体宿舍，王叔叔不时哈哈大笑，邻居都听到了，我从厨房出来时，便说你们家到客人了。我说是的，我父亲的朋友，气功师。邻居说，难怪声如洪钟。我的一位邻居张老师，此时也痴迷气功。夜深人静时，这层楼的老师几乎都在读书写作，这位在实验室工作的朋友通常在校园的树林里对着大树练气功。早晨，我去操场看学生出操，他已经对着大树练了一个小时了。我说我腰椎不舒服，他建议我每天撞树，效果会很好。我确实在夜间悄悄去撞了几次，但没有效果。我告知他，他说可能是我姿势不对。于是，他建议我练气功。我想想还是放弃了。听闻我家来了一位气功师，张老师便在饭后过来切磋。就像抽烟喝酒一样，会气功的人一旦做起什么动作，就成了朋友。他们谈得很投机，好像还探讨了气功在未来的可能性等。第二天，王叔叔去看他的那个徒弟了，问我去不去，我说有课，就不去打扰了。早上送王叔叔出门时，我看到小树林里有很多人在练气功。

在一些气功大师声名狼藉时，我想到了王叔叔。他在气功的影响如日中天时，不再以气功治病和交友，而改做养殖业了。我不知道他养殖什么，先听说养殖鳗鱼，出口日本，再听说他和别人合作的养殖场亏损了。这个时候，我的父母亲已经在苏州生活，我们很少回老家。逢年过节时，王叔叔会打电话来问候我的父母亲，只要听到父亲接电话时有哈哈大笑的声音，我就知道王叔叔打电话过来了。我有时候也给他打电话，简单聊几句。他再次说到气功，是听说我母亲膝盖出问题以后。王叔叔打来电话，动员我母亲去台城住一段时间，他可以用气功治好膝盖的毛病。王叔叔的语气是自信和坚定的，不管他能不能做到他说的那样，但我内心有温暖。我问母亲要不要回去试试，母亲说：我不相信什么气功，就说老嫂子谢谢他。

前几年我陪父母亲回去扫墓，约了王叔叔一家到村上小聚。我们好几年不见了，王叔叔哈哈大笑的声音还如当年一样洪亮。早已过了古稀之年的他，仍然身板硬朗，额头发光。他说起晚年的幸福，但没有说到书法、针灸、气功和养殖。在交谈中，这四个词一直在我眼前晃动，它们几乎成了王叔叔大半生的关键词。比起其他父执辈的人，王叔叔是个不甘后进的人，他一直往潮头上靠，这是他的过人之处。也许在我们看来，王叔叔的这些努力或许有些可笑，也微不足道，但他自己充实了。他活在他自己想做的事情中，真实也好，虚幻也罢，这是一种幸福。临别时，王叔叔问我现在写不写字。我说偶尔写，并给他看了微信里的几幅字。王叔叔看过后说：你还是太拘谨。说完，他一如既往哈哈大笑。

疼痛的記憶

许多年前，我背着一个木箱，过了村前的大桥，去十里外的公路等候往县城的汽车，再从县城搭乘长途车去苏州。在公路边上车的时候我还没有离乡的感觉，即便在县城车站我也没有伤感。车行百里，在江边上渡船时，我才意识到，那个乡村在我身后了。我很少用"乡愁"这个词，写作《时代与肖像》也不是抒发乡愁。我甚至不知道自己是在写什么。在写下这篇时，我想起一个细节。大学的一个寒假，我夜间从安丰镇踏雪回到村口，在桥南我就听到桥北的父亲和母亲说：王尧回来了。

故乡没有故事。我负笈江南时带去的那只木箱里也没有收藏故事。如果有，那是因为我把我的乡亲们当作故事叙述了。他们都是在散乱的细节中活着的，或者说，那些散乱的细节是他们的呼吸，是春夏秋冬之后落定的尘埃。又过了许多年，这些细节也在尘埃中湮没了。

写作《时代与肖像》时，我一直无法回答自己：我在叙述中是靠近了他们，还是远离了他们。在我以青少年时期的伙伴为主的微信群中，这些伙伴们议论着我说到的那些人，那些事。他们熟悉或不熟悉我说的那些，而我自己也无法说清楚我是熟悉还是不熟悉，我不忍心告诉他们，我可能有意无意修改了我的记忆。有意思的是，我们都在寻找共同记忆并在记忆的修复中产生共鸣。当我和他们在一些人和事上能够聚焦时，我感觉我们是在久别重逢后说干杯。

在很长很长的时间里，我们失去了共同记忆，写作和阅读是拼贴已经碎片化的记忆，也是恢复已经无影无踪的记忆。在我们离开故乡时，我们的目的地并不一样，行囊里也塞着不同的细节和体验。记忆是在时空错落后产生的，不断膨胀和变幻的现实在此后一直压抑这些细节和体验，有一天，当你觉得你可以把现实这个庞然大物挪开时，记忆就在庞然大物的缝隙里生长出来。这个时候我意识到我们都是渺小的，我们都是在共同记忆中寻找曾经的自己。这让我多少想明白了一个问题，为什么所有的写作者一旦写到父母亲在与不在的故乡都会让人感动，因为这个记忆是疼痛的。疼痛的记忆才能转换成感人的文字。

那些共同的记忆，生长在我们赤脚奔跑的土地上。有一天，突然有块硬物触痛了我们的脚掌，甚至刺破了脚趾，划破了脚后跟，这个时候，你看到了你自己的鲜血。我在田里割蚕豆时，镰刀划破了我左手的食指，这个刀疤至今还留着。我记得我在慌乱中，先用蚕豆叶子拭去了鲜血，再将割破的皮抚平。我用右手捏紧割破的食指，鲜血仍然不停地从右手的指尖流出。站在我旁边的同伴，在慌张中撕下他裤管上的一块补丁，给我包扎起来。当年的疼痛感在几十年后已经无法再去体会了。然后我们继续劳动，直到傍晚我去卫生室用纱布替换那块补丁时，我才意识到十指连心是什么意思。

想来，那时如果什么部位破皮了，通常都是用破布包扎的。我们在日常生活中有太多的破布，抽屉里，柜子里到处都是。抹布不是用毛巾做的，是各种破布缝起来的。破布的作用太大了，可以补鞋子，补衣服，补帽子，补蚊帐，补被子，补书包，补袜子。我印象中，那时候的衣物几乎很少没有补丁。补丁是生活中无处不在的最朴素的花朵，就像田埂上长出的青草，天空中的云朵，水上的浮萍，树上的叶子，碗里的山芋。这些破布历史悠久，它可能是从祖父祖母外公外婆的衣服上拆下来的，那上面有他们的汗水、气息，有他们子女的尿屎，有他们从泥水中穿过的月光、打谷场上的尘土和风雨中流淌的泥浆。我们都是穿着有他们的补丁的衣服在地上奔跑的。

给我包扎手指的同伴姓胡。他长我几岁，小学毕业后就劳动了。或许与他的家庭出生有关，他在各种场合始终微笑着，在离开这个村子时也是微笑着。我印象中他的堂哥在安徽，一个脸上有麻子的堂哥，在我还没有出生时去了安徽，在那里成家了。我不知道他的名字，这里就称他"老胡"吧。我曾见过这位老胡一次，他理着平顶头，穿着干干净净的衣服回到村上，那脸上的笑容似乎表明他在安徽的生活至少是稳定的。那时我还不知道新文化运动中的许多人物都是从安徽走出来的，到我们村上讨饭的人多数是从安徽过来的，衣衫褴褛，我就觉得"安徽"比贫困的我们这里还要贫困。当你觉得还有更贫困的生活时，你的心里会稍微发生变化，会在自己的贫困中体会出些微的美好。在跟着大人去看这位老胡时，我第一次看到竹笋。在山区生活的老胡好像没有因成分受到什么冲击，相对封闭的生活也许就是保护层。我的同伴小胡，此时有没有萌生去安徽的念头，我们都不知道。过了几年，突然有一天，小胡说他也要去安徽了，老胡在那里给他介绍了对象。生计与老婆，是所有男人的问题，但在贫困的乡村，一个家庭出身不好的男人比其他男人更为困窘。瘦弱的小胡已经在农田里扛了十多年的扁担，他毫不犹豫地用这根扁担一头担着木箱一头担着被褥什么的上路了。木箱重些，为了平衡肩膀上的扁担，木箱几乎靠着他的后背。每个人都是带着疼痛离开村庄的，但疼痛并不是村庄对你的伤害。如果疼痛中流着鲜血，那么疼痛中总是散发着暖意。

我看到手指上的鲜血在阳光下暗淡，凝重，甚至变黑。就在这样的时刻，我的另一个少年伙伴已经决定他不读完初中了，暑假后他就由学生变成人民公社的社员了。我在医务室门口换好纱布要出门时，这位余同学进门了。几天之前，他从船上挑着担子上岸，在跳板上摔倒，跌伤了右胳膊。他手臂绑着绷带，额头上贴着纱布，纱布里隐隐约约有血痕。他说他是来看我的，本来我们约好这几天晚餐后到河里下钩捕鱼。现在我们都受伤了。自从他决定不读书后，他的嘴里堂而皇之地叼着香烟。以前他只是偷偷摸摸地吸几口。在卫生室门口出现时，他从嘴巴里吐出一口烟。他当时的样子，就像电影里看到的反动士兵。这位单纯善良的同学，在学生时代几乎被他吊儿郎当的样子毁了。只要班级出现异常情况，老师首先怀疑是他作祟。而他又很少辩解，他一说话就满口吐沫，还有点结巴，既然说得清楚的事都说不清楚，他就干脆不说了。余同学大我两岁，力气特别大，劳动课上的脏活重活都是他承担。

余同学让我最惊讶的是，他不应该想那些不需要他想的问题。一次体育课后，我和他都坐在篮球架下喘气，他突然问我一个问题：毛主席会不会生病，会不会病死？我顿时惊慌失措，我跟他说：你瞎想什么。他说了这句话后的好几天，我都紧张得不敢跟他一起玩。我少年时快乐的时光，都是和余同学一起玩的。夏天的雨后，我们一起在水沟里捉青。晚上撑船在河里撒网，在河边放鱼钩。其实，我们很少有大的收获，但这个过程的快乐无法替代。冬天，我们一起在生产队的场头抓麻雀。在大风起来后，麻雀都钻进草堆里，余同学特别能辨别麻雀在草堆的位置。我现在无法想象当时的残忍，我们把抓到的麻雀放在开水里去毛去内脏，然后在火中烤熟。有一天我们俩突然厌恶了这件事，我们靠在草堆的旁边，看着网兜里的麻雀在挣扎和哀鸣。我们都不说话了，我心里想着放掉这些麻雀时，余同学已经在解开网兜，他站着把网兜口朝下，麻雀在纷乱中飞出。在我们俩的吼声中，麻雀向四面八方飞去。那天余同学跟我说：读了高中还是回来种田，我不想读书了，我有力气干活。我没有劝他，我知道他这也是放飞自己。我读高中时，余同学已经是种庄稼的好手，是生产队挣工分最多的社员之一。

因为地震，我回到村上几个月，邻村的同学都在我们村上上课。说是上课，其实是以自学为主，大部分时间在田里干活。我因此有了更多时间和余同学一起劳动，那个半年我跟着余同学，是我挣工分最多的一年。暑假里，我和余同学在河里捞水草，突然广播里响起了哀乐。听到毛主席辞世的消息，我手中的竹篙掉到了河里。余同学也呆呆地坐在船帮上，他掏出香烟，但火柴沾水后已经擦不出火花。我想起几年前我们坐在篮球架下他问我的话，那时是紧张，现在是慌乱。我们把船靠到岸边，余同学说："我没有前途的问题了，我明年秋天造房子,然后找个对象结婚。你怎么办呢?"我也不知道我怎么办,谁能知道呢?卑微如我,如余同学,在那至暗的时刻,也把自己的前途和国家命运连在一起。余同学说他每天回家都累得不行,晚上喝两碗粥,躺在床上就睡着了。如果哪一天干活不累,反而睡不着。我问他,你怎么打发自己呢?余同学说,干活不累,我回家后就几杯酒,喝了以后,兴奋劲过了,就开始发困,躺到床上就呼噜噜了。当时我已经知道鲁迅笔下的闰土,但我觉得我眼前的余同学不是闰土。

他是谁呢?许多年以后,我们在村口重逢时,余同学兴致勃勃告诉我,他女儿中专毕业后工作了。他说如果去苏州,就找我喝酒。当他发现我也抽烟时,惊讶地说:你这个老同学怎么也学坏了?我没有回答他,只是笑了一声,他随即哈哈大笑起来。余同学好像听说我去台湾教了半年书,问我:你真的去了台湾?以前村上的人向别人借钱时会说一句话:我会还钱的,不会跑到台湾。那时大家认为一个人跑到台湾,你就找不到他了。他问我台湾人抽什么香烟,我告诉他很多人抽一种叫"长寿"的香烟。余同学又笑起来:抽烟会长寿。

我再也没有见过小胡。通常的情形是,如果背井离乡后再返回,一定是膝下有儿女之后。小胡肯定带着他的儿子或女儿回来过,但我也是游子了,我和小胡在村上连失之交臂的可能性都没有。他一定是穿着有补丁的裤子离开的，返乡时一定跟他堂哥一样，穿着干干净净的衣服出现在乡亲面前。一个人无论对故乡的感情如何，他总会尽可能把他最好的形象留在故乡。小胡，你还好吧？如果有一天我写作虚构文本，无疑会出现"安徽"，那里有你的堂哥老胡，还有现在已经是老胡的你。如果我虚构一个去了"安徽山区"的姑娘，她对美好生活的向往势必是你的责任。

好像就在我虚构这样一个去"安徽"的初一同学时，我的电话响了。听口音，我就知道不是初中就是高中同学。同学在电话中说："我女儿也在苏州工作，她最近要搬家，有些东西能不能存放在你们家车库？"我一时不知道怎么回答。

我在未名河的北岸

我无法想象一座村庄没有一条河，就像我无法想象如果我不在河边长大会是什么样子。二十岁之前，我的生活是湿漉漉的，在秧田，在码头，在河中，在船甲板。有时候，是在淋漓的大雨中，在雪地里，在水桶中。

但我从来没有在梦到庄前的那条河。我诚实地说，我很少夜晚梦到我的村庄。我偶尔会在梦中见到我的爷爷奶奶外公外婆，和几位非正常死亡的乡亲，这样的梦通常不是温馨的，我梦中惊醒的原因是这些往生者和我说话了。我在村庄从小知道的"常识"是：如果死者开口和你说话，你可能会有厄运。我偶尔会告诉我年迈的父母亲，昨天夜里奶奶或者谁和我说话了，他们惊讶地发出"啊"的声音。谢天谢地，谢谢那些先人在天国的保佑，我虽然常有挫折，但总是平平安安地往前走自己的路。"魂牵梦萦"将思念情切的状态形容到了极致。也许一个人在某一个时刻会有这样的状态，但这应该不是常态。我因此很少使用类似的成语或措辞，我更倾向于把这些词视为一种修辞方式。

许多年前的七月，我从西安去延安。到达延安已是灯火阑珊的夜间，《美文》的穆涛兄和当地朋友在杨家岭附近的某处招待我们吃羊肉。我有点心不在焉，恨不得此时此刻站在延河边，然后过延河，像一位诗人说的那样双手搂定宝塔山。在我青少年的阅读记忆和想象中，延河应该川流不息。翌日黎明，我便出了宾馆大门，步伐匆匆到了延河畔。河床裸露在我面前，河道里几湾浅浅的水中长着水草，在不远处的桥墩旁，躺着一个流浪汉。我凝望着河对面的宝塔山，心里不免几分失落。我无法接受没有河水的延河。当天，我们再驱车去米脂，那是同行的一位朋友的故乡。她的爷爷奶奶从那里走出，在延安参加革命，再随解放全中国的洪流征战到外省。两位老人百年之后魂归故里，安葬在一片耕地的塬上。我从这个村庄走过时，没有看到河沟塘，只在乡亲的家里看到了缸里的水。我想那应该是从井里打出来的水，但我不知道这个村庄的井在何处。站在塬上，夹带热气的风从肩上吹过，环顾四周，我努力寻找塘沟河。

就在那一刻，我知道了什么是黄土高坡，但我在西北风的歌声里听到河水流淌的声音。生活经验和与之相关的文化充分养育了生长在其中的人们，同时也让他们对另一种生活充满了隔膜。我曾经无法理解一些北方的朋友不喜欢吃鱼，在那个塬上，我才明白那些朋友的村庄没有河流，再鲜美的鱼儿也无法游到他们的村庄。

我站在庄前的那条河的北岸，或者坐在码头上时，最初的疑问不是这条河从哪里来又到哪里去，而是河水的清浊深浅。

我在地理课本上读到了长江的源头，读到了黄河的源头，但庄前的这条河，在口口相传中并没有留下名字，更没有想过它的源头何在。我在后来的文字和表述中，模仿北京大学的未名湖，称它为未名河。我们从来没有在意这条河，就像我们从不会在意手臂的血管。是的，它像稻谷，像麦穗，像田埂，像青草，像屋檐的水滴，像外婆的发髻，像老人风中的眼泪。我们习以为常了。如果你舒展手掌，它像掌纹，如果你伸开手臂，它像血管。有一天，大雨倾盆，而且日复一日，河水猛涨的危险让你有针头插进血管的疼痛感。又有一天，太阳如火，而且日复一日，田地皱如树皮，然后龟裂。这个时候，你朝田地撒尿，无论尿多长时间，在你整好短裤时，地上没有任何尿的痕迹。也就在这个时候，未名河的水被陆续抽到了田里。未名河就是我们村庄的血管，这根血管的血越来越少了，河水在不停地下降，河床上的螺蛳和不知道什么时候沉下去的杂物都在太阳下晒成死的样子了。

我离开这个村庄之前的大部分时间，未名河的水是清澈的，村上所有的生活用水都是从这条河汲取的。除了夏天和冬天，其他两个季节的任何时间，我们都可以提着水桶从河里打水，再盛到厨房的水缸里。夏天通常是涝大于旱，田里的积水从水沟流到河里，这个时间段的河水有点浑了，就得清晨到码头上打水。那些年似乎没有不结冰的冬天,冬天怎么会没有雪,没有冰?如果没有雪,没有冰,只有北风,那就没有寒衣了,那该是怎样温暖如春的冬天。如果河面上是薄冰,水桶轻轻一砸,薄冰便四分五裂,那一桶水中会有三四片如同窗户玻璃一样的冰块。

我通常喜欢这样的冬天。你不要坐在码头上看太阳融化的冰块,只要把水桶中的冰块放在天井的地上,就会看到一面镜子,看到镜子融化中的阳光随水渗透到地下。我少年时的感觉,阳光无法穿透地面,总以为阳光是随着冰水滴到地下的。当河道上的冰愈结愈厚时,靠岸的船就像石雕一样,十个壮汉上船,怎么使劲晃动船身都纹丝不动。这个时候,总有特别勤快的人先用榔头在码头上敲打冰块,后用凿子凿开一个圆洞,再用榔头敲打小圆洞的四周,终于河道上有了井口一样大小的圆洞,河水见到天日了。在冬天寂静的早晨,榔头和凿子击冰的声音是这个村庄最早的音乐,然后才有厨房风箱的声音和新闻联播的普通话。

先人们选择有水的地方筑巢而居,不断积累和汇拢,生生不息,于是有了我们这个庄子。这条河不是我的母亲,而是我母亲的母亲的母亲。在还没有你的时候,它就在那里;在你没有了的时候,它还在那里。这就是历史,这就是传统。一条河，就是千年不变的生活。河水从哪里来到哪里去，与我们的生活没有关系。船从东边驶来，船从西边划来，都在大码头靠拢。从码头到船上，从船上到码头，进进出出，就像河水流过一样寻常。爷爷奶奶带着父亲和两个姑姑从镇上到村庄，是在这个码头上岸的。那时爷爷奶奶还没有我现在这个年纪，父亲是翩翩少年。后来我一直想象，在这个少年上岸时，有一位少女跟着大人站在码头上看这户异乡人上岸。这位少女后来成了我的妈妈。在我的年龄和这两位少男少女相仿时，我就开始胡乱想着从大码头向西泊，左拐向南，再右拐向西，一条木船摇过安时河。我不一定坐在船上，但我知道这条船靠近小镇了。这是我最早对村庄之外的想象。

  我的少年没有童话书，我听到的最神奇的故事是田螺姑娘。童话在少年时是田螺姑娘，在青年时是沈复的芸娘。但我都没有梦到过她们。我们这条河里有无数踢着河床蠕动的田螺，更小的是螺蛳，在靠近岸边的河床上随时都可能摸到。除了河水以外，与我们的生活相关的就是河里的鱼。我印象中，只有三种情形下，可以"不劳而获"。石油勘探队在河里放炮了，河面上会飘出炸死或震昏的鱼，而且是大鱼。如果一直下雨，田里的水流到河里，已经被污染的河水在阳光曝晒下也会不时漂出死鱼。最有诗意的细节是早晨或者晚间，在河里淘米或打水时，可以用沉在水面下的淘箩或水桶兜起几条胆大的小鱼。春天要过去时，我们穿的茅窝几乎都发臭了，这个时候，你用一根长绳子扣住茅窝的后跟，在茅窝里放一块小砖头，傍晚时尽可能将茅窝往河水的深处沉下去。第二天早上，你再往岸上轻轻收回水中的茅窝，十之八九，茅窝里会有虎头鲨。汪曾祺笔下描叙了这种鱼，在苏州虎头鲨叫塘鲤鱼。河里还有一种美食，通常生存在芦苇下面，这就是河蚌。夏天，我们会带着水桶，游到芦苇附近，再潜入到河底，在泥土中摸出河蚌。

因为有河水，人的死亡就多了溺水而亡的方式。在我们能够学游泳时，大人们便把我们赶到码头上。最初，大人和你一起下水，他在水中用双臂托着你的身体，你作游泳状，不断向前划。就在你划得起劲时，他突然抽回双臂，你瞬间沉下去，呛着水，惊叫着扑打。如是来回几次，你就能离开大人的双臂往前划上小段。接下来，则因人而异，你可以将一个大的塑料袋迎风充气，再扎紧袋口，像气球一样的塑料袋是我们朴素的救生圈。或者，将木盆放在河里，你双手或单手抓住木盆的边沿，双脚扑打着向前。再接下来，你松开自己的手，将木盆推向前方，独自向木盆游去，可能只游了一米便赶紧抓住木盆，但你知道你真的开始会游泳了。我们通常是在傍晚游泳，码头前的河道上就像傣族人的泼水节。如果是在午间游泳，沉在水里的脖子和肩膀承受了骄阳的洗礼，这样的水深火热不用一两个小时，脖子和肩膀的皮肤便发红。如果再露肩曝晒，第二天你的肩膀上边就会起泡了。在水乡，游泳就是走路。所有正常的人都会走路，但总有正常的人不会游泳。少年时最恐怖的事情，便是听到什么人溺水而亡了。即使我们已经能够在水中如蛟龙翻滚，大人还会提醒你不要一个人游泳，不要在偏僻的河道里游泳，不要在夜间或清晨游泳。据说水里有一种动物叫"水獭猫"，它会把人拖走弄死。我们谁也没有见过水獭猫什么样，但一直传说哪一年哪一家的孩子被水獭猫抓走了。

在码头上看村里的姑娘出嫁小伙子娶亲，是少年时的一大乐事。鞭炮声就像集合令，人们很快集中在码头两侧，留下一条道，由新郎新娘走过。一个人一生中最灿烂的微笑出现在新人的脸上，此时此刻再暴躁的新郎都是那样温和，即便长相不出众的新娘也灿若桃花。人们看新娘的长相，也看娘家的陪嫁。如果陪嫁寒碜，众人的议论是在回家的路上；如果陪嫁丰厚，众人的赞叹掩饰不住。我们在陪嫁中看到了家庭的贫富，看到了时代的变迁。如果村里的姑娘嫁出去，在鞭炮声响过以后，众人们也会聚焦到码头，那是给姑娘送行。外面的姑娘嫁过来了，看热闹的人都是笑逐颜开。村上的姑娘嫁出去了，送行的人中会有人流泪，就像自己嫁女儿一样。

等到有一天，我开始想到河水的来去时，我已经意识到我们这个村庄和外部的关系。如果有一天我从桥上过去，走到十里之外的公路边等候去县城的公交汽车；或者我从码头上坐船去县城，都是殊途同归于县城汽车站。在那里，在熙熙攘攘的汽车站，我背着行李，忐忑地候车，前往远方。这只是我在内心的想象，或者是猜测自己未来的一种方式，因为我并不知道我从县城去哪里。这个时候，我的想象和猜测虽然是不确定的，但我内心的躁动如同我在河边用一片瓦打水漂一样，我看到那片瓦在河面上激浪飞跃。这片瓦块可能在河的中央就沉入水中，它是无论如何都到不了南岸的。这是我少年时期度量河道尺寸的一种方式，当瓦片能够在河道中央下沉时，我庆幸自己的动作能够测量如此宽广的河面。是的，如此宽广的河面。那时我觉得庄前的这条河就是一条大河，大河两岸是炊烟，在炊烟袅袅升起的上方是蓝色的天空，在天空中飞翔的鸟儿闻到了稻花香吗？

未名河向西两千米，便是西泊；向东三千米则是东泊。在离开这个村庄之前，我熟悉的是河、沟、塘、池、泊、汪，江、湖、海、洋在遥远的东西南北中。泊在我们那里就像湖，它是我说的未名河的一部分，东泊像椭圆，西泊像圆，它们之间从庄前流过的那一段则是长方形。如果那个时候有航拍,我们看到的画面可能是:一根长长的竹扁担,一头系着圆圆的筛子,一头系着椭圆形的凉匾。我现在差不多忘记这几样东西了。婴儿夏天睡在凉匾里,等到他不断长大,双脚伸到外面时,另一个孩子替代了他的位置。我们在凉匾里长大,然后我们的肩上能够扛起扁担了。我第一次使用扁担,是从船上挑着两箩稻子从跳板走上大码头。这一年我十五岁,当我双腿颤动走过跳板,然后稳稳地在码头上放下担子时,我突然觉得我好像可以扛起这个世界了。我满脸通红,大口喘气,我看看未名河,发现河面远没有我之前感觉到的那么宽广。

在西泊的东岸,是一片桑林。我就是在那里采桑时遇到李先生的,他说你跟我学古文。他说古文,我学校的老师说文言文。白话文启蒙了我,文言文是我启蒙之后遇到的古人。那时候我不知道,我后来的日子会以白话文为生。李先生就是我青少年时期遇到的古人。我在桑林里采桑,也在那里采下红色的、紫色的桑枣。在吞下一把桑枣以后,才开始担心自己的嘴巴会不会肿起来,如果肿起来,是因为这些桑枣被蛇爬过。大人都是这样说的。这样的危险和说法让我从小很少敢于吃桑枣。那是个食物贫乏的时代,我知道有苹果,有香蕉,有西瓜。但只有在小镇上才可以见到苹果,很少见到香蕉。偶尔也有西瓜船靠码头，但能够买一只西瓜回家的人家很少，卖西瓜的人通常是把西瓜切开来卖。后来生产队种西瓜了，每户都能够分到好几只西瓜。再后来，生产队也种植番茄了。开始我特别反感番茄的味道，我们到一个垛子上薅草时，看到番茄熟了，一起干活的婶婶阿姨说我们吃几个番茄吧。她们把番茄摘下来后，用衣服擦擦，有滋有味地吃着。我坐在旁边，竟然没有口水。有个婶婶说：王尧真好，不贪吃，你以后回乡，我们选你做生产队长。

我站在西泊的西岸望着这个圆圈时，看到了东岸的西曲口。从这个西曲口上去，就是外公的祖宅。我几次说到的王二大队长，曾经好几次在夜间，从西曲口上岸，在外公的祖宅过夜。这是我知道的最早的我们这个村庄的革命历史，它留在我的作文本里，也留在我少年的记忆中。我的胡思乱想之一是，如果还乡团在西曲口埋伏，在船上的王二大队长和他的战友，将把船驶向何方，又怎样安全地离开西泊。在桑林采桑时，我曾经在地上画过王二大队长的突围路线，他们唯一的出口就是桑田北侧的那个豁口，从这个豁口出去是南北向的一条河。在我高中毕业的那一年，大队在这个豁口上修闸。我唯一的贡献是先写了"莫庄闸"三个字，然后用水泥在闸上堆砌了这三个字。我不知道那三个字是否剥落到河里了。

东泊留给我的记忆是淡薄的。直到有一天，那里围河造田了，我才注意到了它的开阔，才意识到了它的重要。又一天，石油勘探队在东泊的西岸开始钻井。在东泊，留下了这个村庄农业和工业现代化的乌托邦记忆。就像西泊的革命记忆已经被人遗忘一样，东泊的这些记忆也早已像未名河的水一样平静甚至浑浊了。在"新冠"和武汉成为话题时，我突然想起了那个姓阮的石油工人。这位武汉人，在我们大队露天电影场上坐在我的凳子上，我们成了朋友，他成了我的"叔叔"。在石油勘探队撤离我们村庄时，他说他以后有机会再回来看我。我们没有再见过面，我不知道他后来到哪里钻井了，也不知道他退休后有没有回到武汉。

我在我祖父、父亲生活经验的基础上想象外部世界，我的视野所及只能在那个半旧半新的小镇。直到有一天，在未名河的桥上，我见到了一个从上海来的女生，我才从她的言谈中知道了上海的一些细节。在桥上纳凉，她在这里看到的天空和星星，应该和上海看到的没有两样，但在同一片天空下，她和我的女同学散发着不同的气息。好像就是从那个时候开始，我幻想着，有一天，我能够在乡间小道上骑一辆凤凰自行车，或许，我的身后坐着一位穿裙子的姑娘。也是在这个夏天，我在桥上听到一位叔叔的二胡拉出了《洪湖水浪打浪》，他说贺龙元帅要平反了，他甚至说可能要恢复高考了。又过了一年的暑假，就在未名河上，我和余同学撑船时突然听到大队的广播响了。毛主席逝世了。

一条河，就是千年不变的生活。但生活变了。河水变了。人性变了。我自己也变了。我最后一次在码头上提水，是1983年的暑假，这个时候村上的自来水快通了，乡亲们不用再饮用河水了。未名河的水无论深浅清浊似乎都与生活的关系不大了。好像也就是从这个时候起，河里的水草肆无忌惮地生长着，因为使用煤气，许多稻草沉到河里，河水发黄了。在码头上我看着发黄的河水，突然觉得我亲爱的乡亲们背叛了这条未名河。我所有的青少年记忆都在这发黄的河水中变形甚至发出异味，我从来没有想到这条河会成为我的忧愁。

我好像就是背着这样的忧愁上路的。这个暑假，我先去南京，然后去北京参加学联代表大会。列车过黄河时，我透过窗户，看不见河面。但我知道我过黄河了。就在那一刻，我的内心似有河水流过。在我青少年所有的想象中，我从来没有想过未名河与黄河和长江的关系。未名河就是一条普通的河，它还会继续浑浊下去吗？一夜无眠。我已经无法梦到那条未名河，我在火车轰鸣的声音中辨析一个少年在未名河北岸踯躅的脚步。

脸谱

即使正午的阳光打在他脸上，也不见光亮。他的皮肤太黑了。我们那里形容黑皮肤是乌鱼，如乌鱼之黑。大家都不叫他名字，喊他二黑子。他从来不生气，只是憨憨地笑。时间长了，他去敲人家的大门，里面的人问：谁啊。外面的人答：我是二黑子。二黑子的妈妈听到别人这样喊自己的儿子，倒是觉得难为情。她曾经私下跟我说：这孩子不像我生的，黑得好奇怪，像乌鱼皮。她生的二儿子和女儿不说白白净净，也是正常的皮肤。二黑子比我大两三岁，我十岁以后，他的个子就没有超过我，我越长越高，他逐渐稳定在一米六八左右，这个高度是征兵体检时量出来的。我们在一个生产队劳动，他的力气比我大，常常照顾我。从船上过跳板往岸上担粮食时，我最紧张，和我父亲一样，怕过跳板。干这农活时，二黑子常常帮我的忙，我速度慢，一船的东西运到岸上，大部分是他担上去的。二黑子从来不埋怨我，运好了，我们坐在河坎上喘气，我比他还气急，仿佛我出的力气比他还大。他朝我看看，一如既往地憨笑。我发现他出汗后皮肤滋润了，端详他的面庞，似乎没那么黑。我读大学前，二黑子已经是手艺人，做一手木匠活，还会油漆。以前的油漆工是专门的，这也是手艺，从二黑子开始，他一个人会两门手艺。改革开放了，都好走动了，二黑子先是一个人去东北，后来去郑州。据说开始单干，后来合伙，再后来与人合股办了一家装修公司。办公司的时候，我春节见过二黑子，确实像老板的样子，黑黢黢的皮肤上有了亮，脚上的皮鞋有了光。村委会组织活动，鼓励在外工作的人捐款修建大桥和公路，我和二黑子都与会了。捐款的红榜公布了，我看到二黑子捐款的数字比我多不少。我再次见到他时，夸了他富裕了不忘家乡，二黑子还是憨厚地笑，然后说：我脸是黑的，心是亮的。二黑子在外面时间长了，会说话了。一个人出过门，回来就不一样了。他妈妈在边上，一脸笑容。我知道二黑子的话和他妈妈的笑都是真的。

黄毛也是个脸上常常带着笑的人，但他后来笑得尴尬。我是幸运的，踏水车时，速度没有跟上，脚也没有踩到点上，慌慌张张跌到河里，呛了几口水。黄毛则倒霉得很，他犯了和我一样的错误，但没有直接掉到河里，右小腿被踏车卷了，从河里爬上来时走路就像瘸子一样。在大队卫生室治疗后，当他感觉小腿不再疼痛时，他真的成了瘸子。黄毛大我差不多十岁，和我没有亲戚关系，不知道是称呼他叔叔还是哥哥，我也不好意思喊他黄毛，想想，我可能从来没有喊过他什么，遇到时笑笑。等我抽烟时，见到他，我就笑笑请他抽烟。在这个时间点上，黄毛的儿子已经读初一了。黄毛即使瘸着腿走路，他的个子还是高于村上多数男人。他未必聪明，但智商正常，残疾改变了他的命运。他和邻村有点傻的姑娘结婚了，村上人都说这两人完全不般配，但他们成了夫妻。黄毛结婚后活得好像比以前开心了，可能是因为有了家。黄毛抽烟时，眼睛眯缝着，表情是尴尬的，我觉得这表情像黄毛的生活状态。我很想描摹黄毛老婆的样子，但我于心不忍。无论如何，黄毛成家了，而且很快得子。我母亲说这孩子像黄毛，不像他妈妈。真是谢天谢地！寒假我通常回老家，这孩子读初一时，黄毛带着他看我。他让孩子叫我叔叔，我后来因此叫黄毛大哥。黄毛咨询孩子升学的事，他犹豫是念高中，还是去读中专。我知道黄毛的家境，建议考虑读中专。问孩子，孩子说想读财经类中专。我说了省里那几个中专学校可以考虑，又说等考的那一年我会关心。父子俩听我这样说，好像多了一份信心。往后两年，我首先知悉的是黄毛老婆去世了。我只是偶尔回到村上，没有见过他们一家三口在一起的场景，我想象黄毛的孩子捧着他妈妈的遗像坐在船上。听说在老婆去世后，黄毛常常在村上的死者出殡时担任司仪。黄毛说点香，黄毛说烧纸，黄毛说下跪。我再次见到他们父子俩，已经是孩子工作以后。我在桥上遇到他们，黄毛请我抽烟了。黄毛送儿子去公交站，儿子去县城上班。在那条向南的路上，黄毛走在前面，儿子跟在后面。

在那条路上来回走的还有余二奶奶。我小时候对媒婆的印象就从二奶奶开始,她走路,小碎步,身体两边晃动。后来,看到走小碎步的女人,我就以为她是媒婆。二奶奶好像也是小镇附近的一个村上的,好像是我奶奶家的什么亲戚。二奶奶比我奶奶晚一辈,但比我父亲大不少,我应该喊她姑妈,但我总跟在别人后面称呼她二奶奶。她常常来看我奶奶,两人会说很长时间的话。我放学回来午餐,如果奶奶还在厨房里做饭,她基本上会说:二奶奶来了,才走了一会儿。我明白了一个道理,做媒婆一定要会说话,而且要说很多话,否则很难把男方女方撮合到一起。二奶奶个子矮,走路速度快,小碎步更碎。她的牙床凸在外面,如果不是有意闭起嘴巴,镶着的两颗金牙就像两扇大门引人注目。也许是因为靠近小镇长大,就像郊区靠着城市一样,二奶奶的气质不像乡村的。我没怎么看到她在田里劳动,偶尔干活。因为她热心做媒,队里的人从来不说她是懒婆娘。二奶奶见到少男少女经常问的一句话是:你多大了?村上没有结婚的青年男女的年龄,二奶奶几乎都记得。她就像打算盘一样,不时在心里拨弄每个青年人。黄毛的老婆好像是她介绍的,但她说她做的是现成的媒人,双方谈好了请她出来做媒人的。做媒婆,即使双方成了,媒婆的责任也延续着。隔壁邻居家夫妻俩吵架,不可开交。老人把二奶奶请来调解,夫妻俩都说:二奶奶,你评评理。二奶奶说:我才不评理呢。夫妻俩愣了一下，二奶奶对丈夫说：你是男的，让一点。二奶奶这一说，女的来劲了，本来不哭的，索性大哭，我在做作业都听到了哭声。男的突然大吼一声：瞎眼了。二奶奶问：你说谁瞎眼了？我瞎眼了？男的不吭声，他没有说是自己，也没有说不是二奶奶。这老人家屁股一转，跑到我们家诉苦了。二奶奶对我奶奶说：我是瞎了眼。当然，二奶奶高兴的时候多。我读初中时，二奶奶有一天在我们家突然问我：你多大了。我吓得赶紧说：我要上学。读高中，上大学，我很多年没有遇到二奶奶，等我问起父亲时，她已经去世了。我们村前那条路也变成水泥路了，我不知道现在有没有人像二奶奶一样在路上走着碎步。我母亲也喜欢做媒，但她跟我在苏州生活，膝盖做了手术，不能像以前那样快步走了。

从这条路向南，走到尽头，再向东，走过两座桥，再向南，有一个村子。以前我都是走到那个村子的，现在开车就很快了。这个村子里有我的亲戚，年长的那位奶奶，我叫她婆婆，也就是外婆。我有很多亲戚，如果要说清楚这种关系，就像厘清麻草一样。这个村子，其实就是我一直说的舍，到了二十世纪九十年代，仍然是几户几家在田里散落着。近二十年，才逐渐聚拢起来。我是在庄上长大的，有院子，有巷子。这个村子的人家出门就是农田，尽管也有电灯电话电视，但就像原始村落一样。可能与居住在田野里有关，村上的人皮肤都比较黑。女儿小时候跟我去过一次，待了两天，脸一下黑了许多。婆婆不识字，但懂许多东西，她是大户人家出来的，小时候的日子优裕。婆婆很像我的奶奶，小脚，衣服干干净净，头发不多了还努力梳着一个发髻，待人接物温文尔雅。婆婆嫁到这个村上后，开始日子还不错，但很快发现这个男人是个赌徒。就在婆婆怀了孩子后，这个男人突然不见了。后来知道参加了国民党的军队，还做了连长什么的。婆婆得到的消息是，这个男人在外面也有了女人。就像说书人说的那样，婆婆几乎哭了三天三夜。这三天三夜流泪的结果是，外面人看到婆婆时，她的一只眼睛几乎没有视力。后来的故事是，那个男人在解放前夕回来了，而这个时候婆婆已经带着女儿回到娘家。娘家也破落了，婆婆含辛茹苦养大女儿。婆婆告诉女儿：你的父亲去江南做生意，死在外面，尸体也没有找到。女儿不仅没有见过父亲，连父亲的坟也没有见过，她只知道父亲死在江南。女儿成家的那一天，将近二十年没有哭过的婆婆爽快地哭了半天。听说那个男人也找过婆婆，婆婆拒绝见面。一天，女儿回家说，她去公社的路上，有一个人喊她的名字。她不认识这个人，又觉得面孔有点熟，好像在哪儿见过。这个男人说：我是你父亲。女儿说：我父亲早就在江南死了。男人说：我是。女儿说：你是神经病吧。婆婆听女儿这样说了，很长时间没有说话。然后，她问女儿这个男人的长相。听完以后，婆婆说：他是你父亲，认不认随你。女儿最终没有认父亲，她真的觉得父亲死了。有一天婆婆她们都知道这个男人死了，而这个时候婆婆也垂垂老矣。我暑假去看婆婆时，她们讨论的话题是婆婆百年之后的事。这个村上的风俗，鳏寡老人去世后由于种种原因如果不能与原配合葬，那就得在阴间找一个做夫妻，也就是常常说的合坟，否则就是孤坟野鬼。婆婆清醒的时候最担心这事，有人说那个男人死去后也是单葬的，要不要合在一起，婆婆母女俩坚决不同意。我在村上待了两天，要回来时终于有了眉目。我对他们说了死者的情况，问婆婆的意愿，婆婆愿意。这一天午餐，婆婆喝了一杯酒，她脸上也红晕起来，就像要做新娘一样兴奋。

草鞋・蒲鞋・芦窩

用稻草编织成的鞋子系列我所见到的有三种：草鞋、蒲鞋和茅窝。草鞋相当于单布鞋，茅窝相当于棉鞋，蒲鞋介于两者之间。乡下老一辈的庄稼人无论男女，不会做这类鞋子的很少。这是一种生活，不是手艺。后来，穿的人越来越少，会做的人越来越少，这个时候编织草鞋蒲鞋茅窝才成了手艺。学大寨时机关干部和其他吃国家饭的人下乡支农，就要穿草鞋。不穿草鞋就不是农民的样子。因此，农忙前，三三两两的老人提着一串草鞋在镇上叫卖。草鞋极便宜，角把钱就可以买到一双。城里的知识青年插队，除了送一根扁担，再加一双草鞋，草鞋挂在扁担头上。草鞋于是成了革命的象征。老百姓不知道草鞋有什么象征意义，不穿不行，穿得舒服就没有别的奢望。过了春天，天气暖了，乡下是草鞋的世界。

蒲鞋跟草鞋没有大的区别。蒲鞋也由纯稻草编成，只有讲究的人才会在编织时夹杂几根布条或棉线。蒲鞋的厚度不及茅窝，鞋帮也浅。春秋冬三季下地干活，通常穿蒲鞋，潮湿了，晒晒即可；沾泥了，拍打几下就行。没有帮子的蒲鞋就是拖鞋，在夏天，老人爱拖这种鞋子，不滑，比穿木拖鞋稳当。我读中学时，镇上的浴室还用这种蒲鞋，穿在脚上湿漉漉的，稍一用力，便滋滋地榨出黄水来。我不喜欢，总是光着脚在浴室来回走。

茅窝在苏南一些地方叫做"芦花靴"。比我老家的叫法优美，但不形象。用"窝"称鞋子是再形象不过了。和蒲鞋比茅窝是安乐窝。乡下做茅窝不叫做而叫"打"。打茅窝是有一些考究的，一半草一半布条或棉纱，有的人家则以布条棉纱为主，由布条和草的含量对比，可以看出主人的家境如何。在冬天，穿茅窝者居多，有一双好的茅窝就像后来有一双好的皮鞋一样。上午去学校，我穿茅窝，中午穿蒲鞋，这样不必担心脚出汗，活动课上也可以随便跑，晚上洗脚再穿晒得发烫的茅窝。每天都这样循环往复，如同温习功课一般。不知何故，我穿茅窝容易磨破脚后跟，妈妈便用布缝好鞋口，里面垫上棉花。我们家没有人会打茅窝，因此穿时格外爱惜。有位老伯送我一双，我用一星期课余时间捡了一盒香烟屁股谢他，他抽得有滋有味。

蒲鞋、茅窝还有一大用途：做渔具可捕捉虎头鲨。从前的乡下虎头鲨是极普通的，价格也便宜。在苏南虎头鲨被称作塘鲤鱼，视为上品，这是我想不到的。一次酒席上有这道菜，席上的人精神大作，纷纷举筷，我细看鱼的形状，原是虎头鲨，便觉多此一举。在穿旧的蒲鞋或茅窝的鞋底上捆块砖头，系上一根绳子后沉到河底，隔夜拖上岸，便见鞋里有活蹦乱跳的虎头鲨，很少落空。想来真有些奇怪，不知是何道理。现在乡下的虎头鲨多被乡镇企业用来送礼，因此也珍贵起来。不知用蒲鞋还能否捕捉到？即便能，要找一双蒲鞋也不容易了。

　　冬天伏案我便想到茅窝，但家乡已经很少有人会打了。这也是一种进步吧。一次出差，顺便拜访一位仰慕已久的学者。老先生穿对襟褂子。我不惊讶其朴素，许多老学者都是魏晋风度，让西装革履的后学更像假洋鬼子；我惊奇的是老先生脚下的茅窝。茅窝，久违了！

　　现在市面上的鞋屋愈来愈多，门面堂皇，室内豪华，白色的鞋架上各类鞋子摆得规规矩矩。面对它们我总缺少亲切感。这大概是老态吧。我有时生出奇想，可否有个鞋子博物馆，茅窝也好蒲鞋也罢，它们总印着民族成长的足迹。

　　在鞋屋里当然买不到茅窝，恐怕要托人到乡下才寻得到。偶然一次，我检查女生宿舍时看到一双蒲鞋，煞是惊喜。两只蒲鞋**挂**在墙上，每只蒲鞋里蹲着一只布娃娃——蒲鞋可以作这样的摆设又能生出这等情趣，在我是无论如何想不到的。

能不能開門

多少年后，奶奶一直对我说，那次馒头没蒸熟，是因为"独膀"敲门进来。门一开，馒头就蒸不熟了。我见过"独膀"，他的一只胳膊在战争中失去了，原因不明。从小，我们所有的人从小就知道，人家蒸馒头时不要去敲人家关着的门。

在乡村生活中，馒头或包子（南方有些地方统称馒头，各种包子与实心馒头的区别是，把肉包子菜包子称为肉馒头菜馒头）是节日的点心而非日常生活的点心。在日常生活中馒头或包子是奢侈的，这不仅因为做它费时，而且吃它也被视为浪费。长期的贫困改变着人们的生存方式，风俗的变迁又与此相联系。早餐不吃馒头、包子或油条、烧饼，吃什么？吃稀饭。吃几碗粥能够干半天农活吗？当然不能。二十世纪八十年代以前，我的那些乡亲们通常是在半饥饿状态下度过他们的一生。我现在已经无法体验我和乡亲们曾经经历过的那种饥饿感。在那些困难的日子里，有人问你吃饱了吗，你会觉得是那样的温暖。那个炎热的夏天，生产队的猪一个接一个瘟死了，队里派人杀了猪，每家出一个人聚餐，爸爸妈妈对我说你去吧。吃到中间，突然停电，一阵混乱，分把钟工夫，来电了，桌上盛肉的大碗已是碗底朝天。我好像没有吃到肉。烧菜的人说：你吃饱了吗？有许许多多的人，一生只是企盼着有吃饱的日子。暑假里我跟大人一起干活，那时我们刚刚开始流行自己种植番茄,有人说,某某队的番茄都红了。大家在一起划了船,到种番茄的垛子上去偷。都是一个大队,即使被发现了也不要紧。我们摘了许多红红的番茄,大家坐在船上,在河里把它洗干净了放在嘴里就咬。我很不喜欢番茄的酸滋味,一个也没有尝。大家感动地对我说:你不多吃多占,以后选你当队长。

当不当队长都要吃饭,都要饿肚子。从收麦到收稻,农活最忙也最重。吃粥难以支撑,这就需要有硬的东西填肚子。怎么办呢?可以把粥煮得稠些,原先是以米打底,以麦粉为主,现在反过来,以米为主。干脆煮饭,煮饭就得炒菜烧汤,哪里能够呢?于是既煮饭也煮粥,饭当点心,而且一律糯米饭,吃了不易消化。糯米饭里要加糖,讲究一点再用油煎,这非常近于南方夹油条的米团子和糍饭糕。如作比较,我倒觉得家乡的做法可能更科学些,夹了油条有些不伦不类,糍饭糕在油里煎的时间太长,既费油也损胃,只有家常化了的东西才更接近于生命的本质。譬如做饼,在乡村几乎也是家常化了的,而非职业化的。不会做饼的不是称职的家庭主妇。摊饼,大家都熟悉,不去说它。还有涨饼,就是发酵了后再做,在家乡的方言中,我一直觉得这个"涨"字用得极形象。涨饼专用馊了的米粥发酵,这很特别,面粉中不要加糖精,但吃时有可口的香甜味。现在早晨去买点心,也有涨的米饼,用的是专门的酵头而不是馊粥，味道就不一样了。涨的饼也有两种，一种叫"胡椒头子"，饼形似胡椒状，铁锅烧热了，放油，再做，热烈的气氛像铁板烧。火不宜大，大了饼要焦；至于做另一种叫"糙月饼"，只能用文火。糙，糙糊也，说的是饼的原料；月，说的是饼的形状，饼圆如月。胡椒头饼小而薄，一锅可以做八个，糙月饼圆而厚，一锅只能做一个，拿在手上如同托了块铁饼。我妈妈擅长做糙月饼，她到苏州来，我和妻子、女儿都喜欢吃她做的这种饼。吃的心情当然和以前不一样了。妈妈说，你还记得胡奶奶吗？记得。胡奶奶做的胡椒头子饼最好吃。胡奶奶死了。妈妈说，二姑奶奶人好。二姑奶奶摊的饼好吃，薄而脆。二姑奶奶也死了。现在会做饼的大概只剩下我妈妈这辈人了。

平时可以摊饼涨饼，关键时还是要蒸馒头包子。什么是关键时？祝寿、造房和过年。因此蒸馒头包子本身就成了日常生活中的节日。在大家都吃不饱时，谁家能够大方地敞开大门蒸馒头包子？重人情而又无法做人情时，门只好把它无可奈何地关紧；既然大家都认可而且逐渐地成为一种风俗，那么关门也就心安理得了，而开门未必是大方，倒是在炫富。

现在已经不需要涨饼了，也不需要自己蒸馒头包子了。乡下有油条店、烧饼店、馒头店。这也就是乡村的城镇化。以前,亲戚到乡下来吃摊饼涨饼,亲戚到镇上去吃烧饼油条包子。这就是城乡差别。那时从镇上回来,我问奶奶:为什么店里蒸馒头包子是开着门?奶奶说那是做生意。关着门哪能做生意呢?可是,开着门馒头包子怎么会熟呢?

也许不错。开门做馒头包子,那是生意。关门做馒头包子,那是生活。贫困了,就要关门;富裕了,就要开门。现在想来,你想富裕,就得把门开着。当然也有富了关门,不仅关门而且还要在门前养狼狗——这是怕贼,怕盗。

二黃

他不是伪军，可村里人都喊他"二黄"。他自己也不在乎，每每说到火候上，便拍着胸脯，我二黄长二黄短……因他的缘故，三个弟兄也沾了光，落得个"大黄""三黄""四黄"的雅称。

二黄姓胡，排行老二。据爷爷辈的人说，"二黄"的叫出是有"典"的。那时部队常到村上驻扎，开饭时，胡家老二不要谁请，大瓷碗往头上一盖，到部队伙房吃饭。起初似乎还有点别扭，久而久之就随便了，吃起菜来也不顾别人。于是，光头炊事员戏谑道：这家伙倒像二黄呢。不知是谁把这话传出去了。

许是父母早亡，"二黄"倒名副其实，落得个游手好闲的习气。他大伯送他到镇上一家铺子学徒，三天不到夜就回来了。问他，只答一句：我才不给老板倒尿壶呢。从此就不再去——这些，都是长辈们讲的。我曾和"二黄"聊起这件事，很为他惋惜，如果不从铺里回来，说不定现在也端铁饭碗呢。可他无所谓：那是陈年老账了。睡三更起五更，我可受不了那苦。

二黄说的是真话。从我懂事起就没看见他到地里干过活儿。早晨我们去上学，他已捧着紫砂茶壶到村桥前，中午回来茶壶不见了，手里头夹着香烟；每天晚上都是要喝酒的，小桌子往巷口一放。菜不讲究，夏天是自己钓的鱼，冬天是油花生。有小孩子站在桌旁，他就拿出些花生分分。种田是庄稼人的本分，像他这样的年龄在地里再干二三十年也不要紧。挣些工分，年终分红多拿些，总不是坏事，何况还有妻儿，又是如此家境。可是，他脚影子也照不到地里。大年三十，人家吃守岁酒，他上干部家门，话不多，边说边拿凳子坐：人家过年，我二黄也要过年，你们看着办吧。干部们心领神会。

二黄也有勤快之时。巷子脏了，他会扫一扫；要出门会挨户问要不要带点什么东西；邻居有纠纷，不用说，他主动上门调解——这是他常引为自豪的事：凡事听人劝，我二黄没有劝人劝不下来的时候。他还会烧一手好菜，乡亲们要办一桌像样的酒席，少不了他掌勺。

我有时想，二黄也许一辈子就这么过去了。生活中常常会有好的转机，二黄能遇到吗？浪子回头金不换，人过中年的二黄若能"重新做人"，于谁都是有益的。我读大学二年级时，家里来信说"包产"了，于是我的脑子里闪过一个念头：二黄如今怎么混？

暑假回家，和父亲聊到二黄。真的有了转机。忙时，他终于到地里帮忙干点活；闲时，做点小买卖——这于他更合适。眼下正是卖猪头肉的好时节，他便摆了个小摊子。生意不错。

能烧菜，猪头肉怎么会不比别人香。

晚上去看他，我特意带上了香烟。可他不抽，说是医生关照的。半年不见，话自然多些。他要我陪他吃杯酒，我哪里装得下？

我二黄还没有劝人劝不下来的时候！他把杯子推到我面前。

田爺爺說三國

田爷爷是聪明出名的。读了几个月的私塾，但"三国""红楼"也啃得下来，用现在的话说，是自学成才吧。我高考落榜那阵，他还在我面前晃着脑袋，子曰诗云一番：学而时习之，不亦说乎？有朋自远方来，不亦乐乎？

在乡下，墨水喝得多点是挺受人尊重的。田爷爷也确实有"两把刷子"。写得一手好字，还有满腹经纶。村里谁家要写个匾额孝幛什么的，非请田爷爷不可。那些年农村还不时兴收音机，自然少不了田爷爷摆龙门阵。尤其在夏天，村前的长木桥是露天书场。孩子们放学后烧好晚饭，随即盛好放在天井的小桌子上凉，然后或挟蒲席，或提竹椅，或扛大凳，到桥上先占好位置。忙碌了一天的大人们，吃过饭，敞着怀，摇着扇，拖着鞋来到桥上，在自家小孩的"圈地"里对号入座。田爷爷是从不匆忙的，差不多桥两边都站满了人，他才出场。先是眼尖的小孩叫一声"田爷爷来了"，尔后是大人们的让座声：田爷爷这边请。他说得最多也最受欢迎的是三国。这把年纪了，讲起来有条有理，从未发生关公战秦琼的战争。有时接不上来，灵机一动，芭蕉扇在空中一劈：要知后事如何，且听下回分解。这时无论人们怎样央求，他是决不"分解"下去的，于是只好耐着性子等他第二天晚上的"上回说到……"

聪明的田爷爷也有连他自己都自以为糊涂的事，譬如他一直后悔不该生育这么多子女。两个女儿未出嫁四个儿媳未进门时，合家八人坐一桌。女儿是嫁得出去的媳妇却难讨进门。要多少钱哪！人家说，你儿孙满堂，好福气！他不以为然：不，不，多子多累。我父亲说，六个子女把田爷爷骨头磨老了。虽是这样，田爷爷还是极疼他的子孙。听我母亲说，他从未打过孩子一巴掌。我寒假回家，他见我还是那样，挺高兴：不忘本好。一口食一件衣，一把屎一把尿，要把你们拉扯大，难。日后要好好孝敬娘老子。我虽还不到做父亲的时候，但从小尝过生活的艰辛，见过父辈的操劳，怎能不多少知道点天下父母心。

大概是吃过苦头，田爷爷对计划生育举双手赞成。他老二家头一胎是个女的，还想要个男的。老头子火了，走进老二家门，没头没脑地说了一句：我看谁敢生……我正好在场，第一次见他发大火。他又指着老二的鼻尖说：亏你还是个教书的，这点都不开窍，生一百个，不成器有啥用？他又朝我看看：生子当如孙仲谋嘛！

田爷爷说起三国来了。

"神经病"

从我有印象起他就是养牛、耕田，他老婆就是养猪、卖猪。他和我外公一样的年纪，但好像谁也不把他当长辈尊敬，而他好像也从来不需要这种别人常常需要的尊敬。一个最简单的例子是，谁都可以喊他胡增和，这样喊他的人中有他孙子辈的，他并不生气；有谁喊他胡爹（爹在我们那儿是爷爷的意思），他好像也不兴奋。乡下有许多这样的人，他们只是生活着，似乎与谁都无大的关系。对他的种种行为，别人也不在意，因为每个人（不知道他自己怎么想）都认为他是个"神经病"，只要这样一定性，有许多事情也就是正常的不正常了。

我看到过他打老婆。他先把老婆拖到码头上，再拖到河里，揪住她的头发往水里按，一边打一边说，看老子打你，还不叫我老子。他以老子的身份打老婆，阿Q则是觉得自己被儿子打了，我觉得他们都一样。

我没看到，只是听别人说过，他和人吵架，曾经投河自杀。许多人都看着他下河，他一边往河里走，一边说我不想过了，可就是没有人去拉，眼看河水已经淹到他的脖子，岸上的人还是无动于衷。水从他头顶上没过，只有水波打漾。岸上有人说，这下要出事了，精神病死了也要偿命。于是开始有人准备下河捞他。就在这时，他突然在靠近河边的水面上冒了出来。对着大家说：你们都想我死！他这样一讲，围观的人倒一下子静了下来。

此时胡增和心中也有可能觉得，别人也都有点儿精神病。见死不救，不是精神病是什么？我知道他是给我们村子的人带来喜剧的角色，不管他自己是否意识到，他一直生活在人们的戏弄中，这种戏弄几乎存在于人们的骨子里。我从来没有看到人们正儿八经地和他说过话。凡是有人群的地方就有他在，但不管是谁好像从来都不在意他。大家高谈阔论，张家长李家短，胡增和一边听着一边喝稀饭，然后再舔碗。知道胡增和在边上，是因为他在肆无忌惮地打呼噜。于是有人骂道：这个死老头子！在我的印象中，这是胡增和基本的生活场景。

但村上的人也有超不过胡增和的地方，用牛耕田和打牛号子。他来耕田，犁得深而且快。忙假时，我在田里捡麦穗，已是夕阳西下，情景好似我后来看到的夕耕图。突然，我猛地听到一阵长长的牛号子，我一下子呆住了，我当时觉得这个老头子一生的力量都在号子声中。在后来我所看到的关于黄土地的电影中，曾经有过类似的情境，但我觉得胡增和的牛号子更有一种抒情味道。他号子的余音给我的感觉，很像我们用瓦片打水漂，瓦片紧贴着水面，一圈圈涟漪向远处扩散过去。

那次听了以后，我觉得不过瘾。我对他说：我请你抽烟，你打一段牛号子。他说：好。我拿了我爸爸的一根香烟给他，他吸了口,闭闭眼睛,号子声随着烟圈出来了。是慢节奏的,我感觉到这个时候他已经卸了犁正牵着牛在田里溜达。

我上大学离开家乡时,胡增和正靠在大路边的一棵树上打瞌睡,耕牛在他边上吃草。我再也没有听过他的牛号子。

返回与逃离

离开那座村庄,是我八十年代的开始。

我现在要脱下皮鞋,重返我从庄前那条小道出发之前的日子。我发呆的时候常常幻想小时候在巷子里赤脚奔跑的声音,当我感觉脚掌和路面摩擦时,我知道我已经人到中年。我有时又觉得村庄又像一条船,我站在河岸上,看着小船顺流而逝。追忆生长我的村庄,就像我坐在码头上等那条小船返回,船上坐着我的同伴和我熟悉的乡亲。让我恐惧的是,村庄那么模糊,关于我和它的记忆越来越少,如同庄前的那条现在已经变得浑浊的河一样,两岸停泊的船也没有我当年屁股下面的体温了。我要恢复自己的记忆,写作,只是一种可能。

我曾经把自己的失忆归咎于历史与现实的压迫。在青少年时代,我所有的努力,都是企图逃离村庄,这是一个遗弃和遗忘村庄的历史过程。以前,文明的路程是离开乡村;现在,文明的路程是返回乡村,这中间应当有太多的环节,但在成为一个城市里的知识分子后,我也和别人一样,省略了中间的环节。我至今不明白,同一条路,往返之间为何有这么大的差异。我们这些乡村孩子,在那个年代最向往的是改变自己的身份,过早地认同了别人的身份和记忆。二十世纪八十年代开始了,我和许多乡村的孩子一样,有了实现自己身份转换的过程。这个过程看起来只与一次考试有关,但它几乎是几代人煎熬的结果。从村庄中走出，也是一种对压迫的反抗，这是乡村孩子才能体会到的那种感觉。少年的我仰望乡村的天空，所见几乎都是茅草屋顶，而现在，太阳下的黑瓦红瓦不管风吹雨打总是那样自在，可是，屋顶上已经很少有啄食和栖息的小鸟。改变的结果是复杂的。

在今天的种种论述中，乡村的我们被挤到了边缘，甚至被完全忽略。我在"我们"当中。二十多年来，我关注的是"他们"而不是"我们"。记忆的讲述，在汉语写作中早已有了等级之分。在我读过的文本中，我们这一代二十世纪六十年代出生的知识者，关于自我的经验和记忆被压缩到最小的空间中去了，而乡村少年的经验和记忆则几乎是边缘化的。在公共经验之中，乡村青少年的经验付之阙如。我为此焦躁不安，特别是当我关于乡村的记忆越来越模糊，关于大学的印象越来越糟糕，关于城市的摩擦越来越深刻时。

坦率说，我不得不强迫自己去追忆和倾诉，从乡村重新出发，再返回大学校园。历史这根辫子早就被大家剪下来各自梳理。但我有自己的头发，而且也长得不短了，我有自己梳理的想法。我常常设想自己重新躺在田野里，头发中夹着碎泥和草屑。这个记忆是真实的，但它并不活在现实中。记忆为我制造了另外一种虚假的生活。

我现在重回自己的八十年代，也许过早，甚至好笑。不管怎样，我获得了一种叙述的自由，这个自由如同我在村庄前的河流中舒展身体。我和许多已经称为知识分子的人一样，这些年来我们包裹得太紧了，我想裸露自己。但这已经是没有快感的过程，甚至连叙述的快感也没有了。我现在只想用写作的方式清算自己，因为这些年来，我们总习惯"清算"别人。

当我在文本中试图重返故乡时，我觉得我无能为力。我从心底里有些拒绝故乡，故乡也未全盘接受我。这种隔膜感我难以名状，有时甚至很糟糕。我发现，这多半应怪罪于我，因为，三十年前我就有背井离乡的感觉了。是我想逃离那个村庄的，那个年代不想离开故乡的人肯定是狗日的。如有乡亲读到本书的这一部分，请宽宥我，一个你们看着长大的孩子。我在1981年就离开你们了，而在内心，渴望离开村庄的时间更早。我们彼此都生疏了，我和你，我和我们的村庄。

1981年，二十一岁那年，我终于离开村庄负笈江南念书，尽管学校不是我所期待的，但终究作为一个大学生上路了。从此，那个村庄在身后。和现在的大学生比，我上大学的年龄显然大多了，但父母亲几乎还是把我当孩子，不知叮嘱我多少话。我提前一天往县城，翌日大早坐车去苏州。出门的时候，母亲说，等你们回来过年。说"你们"，是因为大弟弟也是那一年去南京读书，兄弟仨，两个出去了，再过两年，小弟弟也出门读书了。

等我们回去过年，这一等就是半年。时间是熬过去的，不必说半年，更长也不是问题，在乡下最容易熬过去的就是时间。但跨过空间却很难，甚至没有什么可能。从江苏的东台到江苏的苏州，坐汽车是大半个整天，早上八点出发，下午三点到达。花这点时间不算什么，可父母亲就是不能轻易地从东台到苏州。那时一张单程车票不到四块钱，这个数字不仅对父母亲，对我们村上的人来说，都是个不小的数字。二十世纪八十年代初的苏北乡村虽然开始有了点生气，但贫困仍然随着日出日落，没有作息。我到大学报到的当天夜间，同室的一个江苏如皋县的同学由他父亲陪着到了宿舍。他告诉我们，他父亲凌晨就起床了，骑自行车从如皋把他驮到了苏州。不坐汽车，省下了三块多钱。所以，读大学四年，很少有家长到学校来看自己的孩子，也很少有同学会在学期中间回家。我们都等着过年回去。

寒假终于放了。提前订票时我盘算了一下，如果坐车到县城，需要到表姐家住一宿，第二天才能回家，既折腾人家也折腾我自己一夜；我索性买了去安丰镇的车票，到那里再转汽车，顺着安丰到时堰的公路，中途下车再走一段路，前后大约一个小时就能到家门口，坐在家里吃晚饭了。订好票，我写信给父母亲告知自己返乡的日程。那些年的寒假短，二十天不到，而且放得晚，差不多到了腊月底。我到安丰镇时，小站的公路上挤满了人，我下车后的第一趟车怎么也挤不上了。又等了一个小时，从县城路过来的汽车，在小站停了，门没开。卖票的工作人员和司机说了几句，车就开走了，车厢已经没有再上去一个人的空隙。这是最后一班。我提着一包行李，里面是带回来看的书，准备过年吃的一盒麻饼、两盒云片糕和半斤软糖。

我不知道自己何去何从，小站的人都走光了，我还站在那。三十里外的村上，父亲母亲还有两个弟弟都在等我。我知道他们都在等我。但没有电话可以打给他们，说我没赶上汽车，说我不知怎么回家。小站周围的灯亮了，我熟悉的乡镇夜景逐渐恢复在我的视野之中。如果正常乘车，我现在应该已经在自己家的灯光下。这时，有个中年人推着自行车走到我身边，问我去哪，他可以送我。我问他要多少钱，他说快要过年了，就三块钱吧。我再问可不可以便宜点，他说不能够再便宜了，快过年了，工钱不一样。他还说，现在是回乡过年的高峰期，你即使等到明天早上，从县城过来的车也不一定会停下来，这里不是始发站，何况你在镇上旅社住下来又要花钱。我出去读了半年书，读了半年《现代汉语》，普通话仍然不够标准，但回到家乡时一下子又没有能很快恢复讲方言，踏自行车的人肯定判断我是在外面工作的，终究不肯还价。但我口袋里确实只剩下两块钱零几分，坐不起他的自行车。这人看我不吭声，就失望地走开了。

现在我已经记不清楚，我到底步行了多少时间，终于走到了村口，走到了家门口。凛冽的寒风最初还能穿过我的后背，但很快从脚底开始升温，背后逐渐有汗。我庆幸自己这学期没有钱买皮鞋，去苏州时我带了一双凉鞋、一双布鞋和一双球鞋。从苏州出发时我就脱下布鞋换了球鞋，我知道家乡刚下过雪。如果像现在这样到哪都穿着皮鞋，那天夜间我肯定走不了那么远的路。软软的鞋底贴着没有完全冻僵的地面，我始终快速地走着，我的膝盖知道半年的等待能否尽快地终止完全取决于我的步伐。我左右手不时换提背包，手累了就把背包搁在左右肩膀上。三十里路，我在东头，父母亲在西头，等我走到村桥头，就到家了。

听到有人在桥南叫我的小名，然后又朝桥北喊："厚平回来了。"是我大姨的声音。

"王尧回来了。"母亲在桥北说话了，她叫我的大名。

当我现在这样叙述1982年初回家过年的情景时，依然记得自己心中不仅有对村庄的惦念,也有终于走出村庄的兴奋甚至荣耀。那时的内心,关于自己、村庄和未来的想象尚未成为后来常有的"现代化叙事"的一部分。

在我要接近村庄时,我想起自己高中毕业从镇上回到村庄的那个晚上。在安时路的另一端就是时堰镇,我在这个镇上的高中毕业了。"天下没有不散的筵席,在我回到村庄之前,家住公社信用社的同学约了几个同学去他家吃饭,临结束,信用社主任出来这样对我们说。不仅是筵席,以前的一切都散了。回乡之路只有十五里,但那时我觉得仿佛走过了自己的一生。1977年7月,这是一个不同于1982年冬天的晚上。天空明净,所有的星星目送着我。田野、农舍、知了、青蛙、麻雀、蛇,一如既往在我的身旁身后。中学毕业了,我获得了自己的身份——"回乡知青"。明天干什么,我不知道。我突然想起偷偷读过的《苦菜花》《红旗谱》,一个人在这样的时候可能会去"闹革命"的。我和稀奇古怪的人物、事情遭遇,幻影像蠓虫一样飞来飞去。此后的几个夏天,我仿佛都在公社通往大队的路上行走。一个人在某个特定的阶段都有一个心理瓶颈,即使过去了,但突破瓶颈留下的痕迹终究难以消除,于是身上就有了"老年斑"。从一座桥上走过时,我把脱下的短袖挂在水泥栏杆上,毫无目的地仰望天空俯视河水。我局促的内心越来越空旷，就像收割了稻子之后的土地，被耕耘过一遍，可麦子还没播种。回乡了。在十五岁那年离开村庄到镇上读完两年中学以后，我回乡了。——我正在写作中的小说所叙述到的日子差不多就是我十五岁之前的时光。当一只脚踏上庄前大桥时，我在想出路，心思已经离乡了，因为回到村庄不是我的出路，离开才有出路。

许多年以后，至少是十多年以后，我看到了中央电视台的一部纪录片，一个场景一段对话令我潸然泪下。好像是拍某铁路开通的事件，在火车通过的村子，一个少年在山坡上牧羊，记者问他：你大了干什么？答：娶老婆。问：娶了老婆以后呢？答：生娃娃。问：娃娃干什么呢？答：娃娃放羊。问答的大意是这样。我和我的乡村少年伙伴其实也曾是这个在山坡上放羊的娃娃。乡村的生活就是如此循环：娃娃放羊，娃娃生了娃娃，还是放羊。不同的是，我到了镇上读高中，有限的书本和与乡村形成差别的小镇生活向我昭示了另外一种不同的人生。在这样的意识中，那根长久循环的链条上有一节开始松动。

在我读大学后的简历上，从1977年7月到1981年7月这段历史几乎是空白。此时，我的身份是"回乡知青"。这个身份和"插队知青"不一样，它对一个人的工龄来说是无效的，城乡差异在这两者之间显露无遗。生活把许多不平等留在了我成长的日子里，即使在后来的生活已经有了根本改变之后，我的笔下仍然抑制不住悲伤的情绪。写作和成年后的生活仿佛总是离不开最初的底色。如果按照今天流行的"底层"概念，"回乡知青"是在"插队知青"的"底层"。镇上许多同学后来插队了，他们是空降到"底层"的，命运对他们不公，是因为他们被甩出了原先的生活轨道；而我们这些"回乡知青"，在胎里就已经生活在别人后来才挣扎的轨道上。很少有人会比较最初秩序的毫无道理。我们无法抱怨在乡村长大，因为没有人可以抱怨自己的父母，乡村孩子是不会抱怨比自己挣扎得还厉害的父母的。我和少年伙伴，常常衣衫褴褛，但即便是衣服上的一块补丁也是从父母身上剪下的；我们总是在昏暗的灯光下读书做作业，太强的灯光反而刺激我们的眼睛，但这盏灯的煤油还是从另外一盏灯倒进来的，我们的父母在黑夜中打发时光。在那样的日子里，世界上总有光，没有煤油了，我们等待晨曦，在鸡鸣的时候起床背书；世界上总有温暖，衣服单薄，我们凑在灶膛口取暖……在从公社回乡时，在逐渐走近村子时，我看到了烧黑的煤油灯捻子，灶膛红彤彤的火苗。

得知恢复高考的小道消息是在1976年暑假的一个晚上。我在大桥上乘凉时听别人说起了，而且这个消息来自他上海的亲戚。也是在这个夏天的晚上,在县城化肥厂工作的一个老乡回到村上,他坐在巷子里,拉起二胡来,曲子是《洪湖赤卫队》中的一段。这些杂乱、零星的信息,预示着往后几年时局的变化。当高考终于突然恢复以后,我已经回乡务农了。"读书务农,无上光荣"这是初中升高中时的作文题,做这道题上了高中,高中毕业了,这道题不在纸面,而在田间。匆忙的高考,失败了。我因此成为一个负面的例子,上高中成绩好不一定能考上大学,考试也有考运。贫寒的家境不容许我像别人那样专门在家复习,尽管父母有这样的意愿,但还是去做了学校的民办代课教师。除了教初中语文,还教一个班级的数学。很少有人愿意上副课,我又兼了生理卫生课的教学。那天讲到生殖、生育常识时,我的脸色泛红,说:同学们自修这一部分内容吧。

二十世纪八十年代到了,在我从乡村的小道上往返学校与村庄之间。代课不会固定在一个学校,这学期在这所学校,下学期就可能到另外一所学校,完全视学校缺编的情况。在村上的学校代完课后,我到了邻村吴堡大队学校代课,教语文、体育和化学,从一个春天到另外一个春天。这个村子虽然和我们村是田靠田,但生活更困难。那是一片低洼地,姓吴的人家很多,但不知道为何叫"堡",这个词在我们那一代几乎没有用处。课余时间我很少在村子里走动,它的灰暗和破旧对我刺激很深。

  我要告别这个村子，这所学校。这个学校的树上，曾经挂着一只野兔，我剥下了它的皮。还有一篮子鸡蛋，不是在讲坛上，而是压在我的胸口。在那些苦闷的日子里，我常常想起秋冬之间在棉花地里乱窜的野兔。我自己在地里拾棉花时，也曾经惊动过野兔。我觉得自己就像慌张的野兔，不知往哪里逃生。我的心思在乱窜，尽管还在村中，但我的心思已经遥远。当今天在说着许多思念故乡的话题时，我知道自己其实不是在留恋故乡，而是在重新寻找我所希望的东西。这个"东西"因我的情绪而变化。思念是真实的，但也只是在思念之中。夸大了这样的思念，其实是虚伪的。我已经无法说清楚那个村庄是什么。在重新返回我生活的历史时，我只清楚地知道，我想离开它。

  我向往南方。南方，实在是一个对我有诱惑的地方，因为我经验当中的幸福生活常常是与模糊的南方连在一起的。长江以南的南方太遥远和辽阔了，我的心思在江南一带。所谓江南，我的见识抵达之处只有浙江的杭州和江苏的南京苏州无锡常州。即便是这样几座城市，我多少年积累的印象也十分肤浅。对苏州的了解，除了园林丝绸这些常识外，就是"北兵营"，村上的不少人当兵时都是在那个兵营生活、战斗的。我后来上了大学，特地从阊门走到那个叫"北兵营"的地方。这个兵营在苏州的城北，不远的西北处就是郊外，姑苏城外寒山寺。我的一个表伯父在大军过江的时候随部队到了苏州，这是我在苏州唯一的亲戚，但我从来没有见过他，只是听他的母亲，我的大姑奶奶说起过。等我后来到了苏州去见这位伯父时，才知道他在苏州的吴县，要坐很长的公共汽车才能到他工作的单位，一个叫什么轧花厂的地方。我是坐了公共汽车去的，这个厂当时效益还不错。我见到了伯父，他也很快认出我，说我哪里哪里像我的爷爷。等到我大学毕业时，这位伯父离休了。

等我工作几年后再见到伯父时，他开始为儿子的工作发愁。一样的江南，但生活的秩序已经发生变化，我在1981年的一天踏进伯父的家门时，根本没有想到他的孩子在几年之后会像我一样为自己的生计发愁。苏州的昆山，也是我对江南有印象的地方。我经常听老人说，村上有不少人，在新中国成立前常常到昆山帮人干活，用船在河里罱泥。大一年级时去昆山，当时的印象是这地方不比我们县城好到哪儿。至于常州，它的"东方红"手扶拖拉机是我在二十世纪七十年代见过的唯一现代化的农业机械。我的一个中学同学一家是从无锡下放到我们公社的，无锡的泥人、油面筋什么的是她常常惦念的东西。这位个子不高、胖胖的女生是我们班唯一一讲普通话的同学。

我已经决定改考文科,可选择的学校和专业不多。尽管我自己盘算时想到苏州去,但是苏州只有江苏师范学院有我想读的中文系,中文系也只有一个专业叫"汉语言文学教育"。所以,在后来填报志愿时,我在第五也即最后一个志愿填报了江苏师范学院中文系的汉语言文学教育专业。我想,以自己的成绩是不会被录取到这个学校的,况且又是最后一个志愿。我有过代课教师的经历,我已经失去了做中学教师的兴趣。因此,只是为了凑数,迫不得已填了这所大学。另外一个重要的原因,师范专业大学生免除学费,当时我的家境贫困,即使读师范也得借钱。前面四个志愿,我填报了南京和北京的大学。最终,竟然被我认为无论如何也不会录取我的江苏师范学院录取了。

这是1981年的暑假,在收到录取通知书后,我为自己的失败声泪俱下。在进入这所大学之前,我在心里已经和它构成了紧张关系。我以极不愉快的心情去和这所大学谋面,直到现在,我还认为我一生中的最大遗憾之一,是被这所大学录取。这样的情绪或许狭隘,然而我始终无法抹平,这与其说是对现实的不满,毋宁说因为理想的失落。没有一个人会记恨自己的母校,我也是这样,我始终对哺育自己的老师怀有感恩的心,但当母校不再是一个抽象的概念，而是种种具体的环境、人和事时，我的内心依然无法放松自己和这个校园的紧张关系。爱自己的母校，并不意味着不能表达对她的不满。其实，我想到的不是自己如何，而是由这所学校感觉到一种大学理想的失落。事实上，中国的大学并无根本的差异，但是大学校与小学校之间还是有境界之分的。我在写作这本书时，正在为自己的一个论文集补写后记，我如是说："当年报考大学时，我填报的第一志愿是南京大学中文系，最终被第五志愿江苏师范学院中文系录取，为此抱怨、遗憾多年。在求学、治学的路上，南京大学中文系的诸多师友都曾给我思想和学术的滋养，让我常在浑浊之中呼吸到他们清新的气息。我对一些事物的坚守和抵抗与此相关。因此，这本集子同样表达了我对南大诸多师友的敬意。"

南方的想象在我收到了那份录取通知之后破灭了，我所理想的专业道路也随之幻灭。我到镇粮管所去迁移粮油关系时，遇到了高中同学的哥哥，他说：你考上了师范？也好，可以转为城市户口了。想必这句话是安慰我的，因为在当时，城市与农村户口的差别还在天壤之间。但这句话却深深刺痛了我，原本就重压着我的身份歧视，在我的户口可以转到城市而因此改变我的身份时，并不能祛除我身上的烙印。

另外一个更大的困境仍然在我往江南动身时就缠绕着我，以当时的政策，读完大学的师范专业，差不多还要回到我原先的地区。我只是一只风筝，它或许被放飞得很高很高，但那根长长的线随时可以把它收回。我仍然在麦田之上，在乡野的天空。

向往南方的想象中，上海令我战战兢兢，所以在后来填报志愿时，我没有填上海的高校。

在我青少年时期，所有生活的奢侈品都来自上海，当我从庄前那条小路往县城时，我带的生活用品，还是以上海产的居多。我读初中时开始每天用牙膏刷牙，偶尔用的牙膏是上海的"白玉牙膏"，这个牌子的牙膏远比"中华牙膏"在我们那儿流行。在供销社是买不到这种牙膏的，它太紧缺和昂贵了，必须找到熟悉的朋友才能买到。在出嫁的嫁妆中，如果有两支白玉牙膏，所有的人都会羡慕和注目，如同看妇人的两颗金牙。白玉牙膏的壳子即使用来卖废品，也比别的牙膏壳贵些。牙膏壳、破布和各种鞋底是少年时用来换麦芽糖的三宝。如果有白玉牙膏壳，我会单独挑出来对卖糖的老人说：这是白玉牙膏呢。老人便会再多切一块麦芽糖给我。

村上的第一辆自行车是外公和几个村干部在二十世纪五十年代末合伙买的，等我在1974年学会骑自行车时，第一辆自行车早已散架不知残骸在哪。外公说，县人民政府给村上颁奖了，一只挂钟。外公几个人去领奖了，捧着挂钟走了半天带一夜，早晨才把挂钟挂到了村部。可能受这件事情的影响，外公他们学骑自行车，然后又凑份子买了一辆自行车。外公跟我说这件事时，已记不清自行车的产地，想了想说应当是上海产的。那时只有上海产自行车？想必是这样，常州的"飞鸽"是在多年以后才有的。在二十世纪七十年代，自行车无疑是奢侈品，犹如二十世纪八十年代初期城里的小轿车。如果有骑自行车到村上来的，通常都是公社以上的干部，或者是邮电局的邮递员。我们村上有三辆自行车，书记一辆，学校校长一辆，还有位在县城某工厂上班的老陆一辆。我曾经向老陆借过一次，刚学会骑自行车，跃跃欲试，听到自行车铃声响了，忍不住跑到老陆家，说：借我骑一圈，就一圈。老陆竟然爽快地借给我了，二话没说。老陆家住庄北，我由北往南，过了桥，一直骑到学校门口。这是1975年的夏天，我初中毕业了，身高一米七五，不要趟车，跨上车，左脚一蹬，车轮就转动起来。我萌生买一辆上海"凤凰"自行车的想法就在这个夏天。在外村代课的那些日子，我也很想有一辆自行车来回，但这实在是太奢侈的想法。等到1982年，读大学二年级，有自行车的同学开始多起来。我们几个要好的同学凑了一笔钱，合买一辆自行车。当时，常州的飞鸽牌自行车也很流行，但在商量买什么牌子时，我毫不犹豫地说：买"凤凰"吧。

我现在还没有戒掉香烟，有这样那样的原因，如果追溯历史，或许与我少年时期对"飞马"和"大前门"香烟的迷信有关。这两个牌子的香烟，特别是锡纸装的大前门香烟是不敞开供应的，需要有关系才能买到。这个状况持续了不知多少年，后来不抽这两种牌子了，流行上海产的"牡丹"香烟，也仍然要找关系才能买到，二十世纪八十年代中期仍然是这样的状况。当时一般的人都抽几分钱一包的"经济"牌香烟。有海绵嘴的香烟很晚才在我们村上稀奇地出现，因此，拣香烟屁股，是我读小学时常干的一件事情。特别是在冬天，文艺演出和电影多，一散场，就可以钻到凳子下面拣香烟屁股。如果拣到二十个，是很大的收获呢。五个烟屁股相当于一支香烟。剥掉卷纸，将烟丝揉散，再合拢到一起，就是一盒烟丝。抽水烟的人，把烟丝塞进烟斗，抽纸烟的人，用烟纸卷好就是一支香烟。

仅仅是牙膏、自行车和香烟，就把一个繁华的上海打造出来了。在1975年的暑假之前，我从未有过某一天能够去上海看一看的想法，因为当时我连县城也没有到达过。这年的暑假，我随船到了县城，我拿着勾刀，在县城体育场跑道外，将茂盛的杂草成片割下，再运到船上。这些草是用来沤渣的，它和河泥混在一起发酵，用来肥田。这是中午，城里的人都在午休，我和几个伙伴站在操场上，挥汗如雨。体育场的入口处在南边，有水泥框架的门，门前一条东西向的小河将县城一分为二。过了桥，马路的右边是县委的家属楼，左边是一所中学。五年以后的1980年9月，我到这所学校补习。偶尔到体育场散步背书，总会想起自己拿着勾刀站在跑道上的样子。在临近考试的前两个月，我在东方欲晓时，会独自一人，悄悄起床，出了学校门，过了小桥，站在体育场入口的门下，借着昏黄的门灯读书。这时，我知道，自己有一天会有靠近上海的机会。

1975年县城的模样已经让我感到仿佛进了大观园，不必说未去的上海将会给我带来怎样的观感。我同学的小姨和小舅在上海工作，过年时常常到这边来。他们的衣着打扮和我们显然不同，而且观念也不一样。我们在春节的那一天，即使有病，也绝对不能吃药的，因为大年初一早上起来就吃药实在是不吉利的。我去同学家时，他的小姨打喷嚏不停，同学的舅舅就把药拿出来，说感冒了，赶快吃药。同学的妈妈说，大年初一，吃什么药。上海的姐弟俩都笑了：姐姐还迷信呢。弟弟倒了水，姐姐吞了药。因为有亲戚在上海，同学家的糖果和我们村上的人家都不一样。我们吃硬糖他们吃软糖。软糖是牛奶糖，我吃了以后才知道牛奶就是那股味道。我不喜欢软糖，不仅是味道，关键是会粘在牙齿上，很难受。但软糖的糖纸我非常喜欢，可以用它折成一个舞蹈的傣族姑娘，有几年我特别喜欢折纸。

我那时非常奇怪，上海人为什么每年要到乡下过年，不必说生活上的差异，光是路途劳顿就非同寻常了。而且要来，都是成双结对。终于有一天，我从同学那里知道，上海的住房太拥挤了，他的小姨和姨夫、小舅和舅母也不能经常住在一起。舅舅结婚很长时间了，还不能怀孕，舅母归咎于不常在一起，即使在一起也十分慌张。这样的说法，在我到苏州以后，完全认可了。我从小巷子里走过，看到贴着红双喜剪纸的窗户，里面是个很小的房间，不用进去看就知道它很小，因为整个房子就那么大的空间。多数城里人也用马桶，早上的公共厕所从来是拥挤的。即使在苏州这样已经算文明的城市，几乎所有的公厕都异常肮脏。这样的状况在二十世纪九十年代中期以后才有所改观。1982年春天，我第一次到上海，下了火车站，才知道当年对上海的恐惧不是没有道理的。我在拥挤不堪的人群中想，城里人也可怜啊。

所有的向往，其实都是对贫困的释放。

在1981年那个躁动不安的暑假，我开始准备去读大学的行李。尽管那不是理想之地，但毕竟是新生活的开始。以当时村庄的收入，要把所有的生活必需品凑齐是不容易的，还要买一张去苏州的汽车票。首先是要置一只箱子，当时的村庄根本没有皮箱子的概念。父母亲找到了几块木板，木匠朋友到家打了一只木箱，又带到镇上，父亲的一位朋友帮忙油漆了，拿回来时，感觉就像嫁妆。这个箱子直到我大学毕业时带回，我的小弟弟带它去读书了。有往来的亲朋好友来道贺时，已经知道我需要什么，有的送热水瓶，有的送洗脸盆，有的送袜子等。当时送十块钱，已经是很厚重的礼了。生活必需品差不多齐全时，我还是坚持带上了高中毕业后就开始穿的一件绿军装，这是我最得体的一件上装。1981年秋天到来时，我就穿的这件上装。家里人知道，我还差两样东西，一块手表，一双皮鞋。但我已经觉得很满意了。父亲想起，他年轻时候曾经穿过一双皮鞋，从箱子里翻出来，发现鞋底已断裂了，鞋帮与鞋底也差不多脱落。我还是好奇地穿了，在堂屋里走了两三步，皮鞋终于散架了。

记忆并不弥漫阳光，否则，我就不必背井离乡。记忆并不缺少温暖，否则，我就没有返回的勇气了。

从那里出来了，再说那里，其实很难。因此多年来我总是以复杂的心情对待二十世纪九十年代以后曾经蔓延过的"怀乡病"。人们由对现实的恐惧与回避,转而返身乡村,这当中有太多的无法对应的部分。乡村和乡村经验是复杂的。一个在当下无法安宁的人,复活他的乡村经验后是否就能悠然见南山,我是怀疑的。只有选择经验与记忆,我们才能满足自己的需要,而乡村经验与记忆并不单一。如果只是惦念乡村的单纯与温情,这样的怀乡对来自于乡村的知识分子来说驾轻就熟,沿着这条道路返乡几乎太容易了。但我们回不到那里了。贫困和寒冷的记忆从未在我的生活中消失过。虽然如此,我还是带着温暖上路的。许多人都理解错了,贫困和寒冷本身并不能滋生暖意和善良,只是因为极端之下的美好德行是维持生存的唯一理由与力量才让我们刻骨铭心。而今天的乡村也已经并不单纯。

但乡村确实给了我特别的力量。我在二十世纪九十年代初期写作《乡关何处》,一本关于散文的书,对所有涉及乡村生活的作品都有特别的敏感,我在现实中滋生的种种复杂情绪在关于乡村的文字中获得了呼应,至少我会在文字中目睹我熟悉的景象。但我很快发现,如此连接乡村并不能丝毫减少现实对我的困扰和冲击,我其实只是回到了我曾经有过的少年乡村记忆中,而不是回到乡村,甚至更不可能回到现实的乡村。少年的乡村记忆即使没有遗忘,没有不经过筛选和改造,也只是乡村经验和印象的一部分。这一部分不仅和我当下的处境，也和身后的乡村现实有遥远的隔膜与距离。我后来越来越明白，无论我自己如何在乡村记忆中流连忘返，其实与现在的乡村没有什么关系了。我知道自己的缅怀其实只是在抒发自己，我也直截了当地认为那些在遥不可及的地方倾诉对乡村热爱的人，应当意识到自己的夸张甚至虚伪。当然，我毫无疑问地期望读者对我的乡村叙述保持警惕。

这似乎和二十世纪八十年代那一段时期不同。那时，城市是乡村的参照，在陈述文明与愚昧的冲突时，知识者通常是以乡村为典型的，仿佛一切的愚昧、落后都可以在乡村找到标本。关于乡村的书写者，大致是从乡村出来的人，曾经在乡村的人，路过乡村的人，以及没有这三种经历而想象乡村的人。我属于第一种，从乡村出来的人，有我这样经历的写作者如果进行此类写作，无疑是抑制住了自己的部分乡村经验，特别是其中的童年记忆，但呈现了另外一部分的乡村经验与记忆，即由对乡村的不满而生发出的批判性。距离和新的背景，也让我看到了故乡的丑陋。当我们以城市为参照，特别是以现代化的标准为参照来观察、纪实与虚构乡村时，只是以一种被建立的价值观来建构我们以为的乡村，这其实只是构成了乡村的一个参照物，而与乡村无关。乡村并未按照我们书写的方式运转。

这样的写作，也延续在二十世纪九十年代以后的知识界，逐渐发达起来的"现代性"压抑和改造了我们的乡村经验与记忆。

由乡村到更大范围的乡土，一直是知识者的书写对象。鲁迅有《故乡》和他的少年伙伴闰土，乡土文学自新文学以来绵延不绝。鲁迅提到的那批乡土作家，我只是1987年的夏天在贵阳的一家饭店见过蹇先艾先生，我坐在他的邻桌，贵阳的朋友说那位老人就是蹇先生。我当时觉得我和他不是相邻而坐，而是隔了一个世纪。之前，我也在苏州见过高晓声，他因为写了陈奂生成为乡土文学的大家，我读大学的时候常读到论者由他说到鲁迅和赵树理的论文。

或许，当一个人已经离乡之后，见诸文字的乡愁无论如何浓烈都免不了苍白，因为所有的乡愁都是从自己的内心需要而不是从故乡出发的；故乡只是你的咏物；如果你不能回到出发地，回到你的故乡扎根，一切的倾诉和想象只能在胸中低回，我们只存活在记忆之中并且不断修改自己的记忆。根本无法贴近那里的地面，地面上腐烂的稻草麦秸枯叶只是我们记忆中的残存物，而贴着它们的是农民的鞋底，不是我们放在客厅的皮鞋和旅游鞋。

尽管我有这样的意识，但我还是要从离乡说起，因为我的八十年代是从离乡开始的。这样的返乡会在多大程度上接近当时的乡村与我,坦率说我并无把握,这么多年过去了,我对我以前的生活也熟悉而陌生了,而我生活了二十年的村庄几乎也快面目全非了。

许多年以后,我在王安忆的长篇小说《启蒙时代》中读到了这样的一段文字:"你知道这清寂的早晨,是从多少心潮澎湃的夜晚过来的?多少年轻的思想通宵达旦地活跃着,在暗夜里飞行。飞到极远极广阔的天地。他们向往世界,不是想知道世界什么样的,而是要知道世界应该是什么样的。他们不知道世界应该是什么样的,甚至不知道世界不应该是怎么样的,只知道应该好,好,好上加好。"这是王安忆对陈卓然、南昌一个对话场景的描述。他们的"不知道"和"知道",困扰了他们这一代,也困扰了我们这一代以及比他们和我们更年轻的一代。——我在"不知道"和"知道"中离乡又返乡。

熟悉与陌生

那是秋天的中午,我坐在文科楼三楼的教室里睡意矇眬。这幢教学楼前面一边是开阔的球场一边是小树林,四季的阳光充足地照耀它,但从来没有烘干它的潮湿。我靠在南窗前,阳光仍然散发凉意。这个印象一直到我工作后仍然强烈。二十世纪九十年代初办公地点从那里搬出后,我再也没有进过这幢楼。这幢楼好像封了,南北大门的锁也已锈迹斑斑。我大学时代的大部分经历和记忆都锁在这幢楼里。

弟弟写信来说:家里"分田分地"很忙。在我离开村庄后的一段时间,乡村的社会、政治、经济、结构发生了很大的变化。"大队"重新改为"村","生产队"改为"村民小组","公社"字样也逐渐从牌子上消失。在我出去读大学的那一年,公社革命委员会的牌子没有了,恢复为公社管理委员会,这是从1958年成立人民公社以后就开始实行的一种体制。其时,农村的变革已悄然开始。1983年寒假,我在镇上看到公社管理委员会的牌子又改为"人民公社经济联合委员会",建立了乡人民政府。这是根据农村体制改革的精神,政社分开,党、政、经分设。这一年的暑假后,我写信回家,地址已经不是某某大队而是某某村民委员会。这一年下半年,以原生产大队为区划建立了村民委员会,以生产小队为单位建立村民小组。我那时的家庭地址就变成了"东台县时堰乡莫庄村五组",又过了些年,撤县建市;又过了些年,村子合并,我们村与我以前做代课教师的那个村合并在一起,叫做"茂富村"。茂富,这是个至今都让我不愉快、不舒服也不适应的村名,在那里生活的人们多数人似乎也和我感觉一样。据说合并时究竟用什么村名,两边相持不下,最终由上级一位领导敲定了这个颇具时代特征的名字。

这实在是一个太大的变化。我是在那个大集体中长大的,现在,大集体没有了,原先的生产方式和生活方式也随之变化。村庄的种种面貌并不是在取名为"茂富"后改变的,在我离开之前,乡村社会其实已悄然变动,但村庄的历史以及它的表现则或明或暗地散布在各个角落和人们的日常生活之中。

我想,我还是先简笔勾勒一下这座村庄的地图。我在自己未刊的长篇小说中曾经详细地说过村庄的地理,这里只能简单点了。在我们那儿,"村"和"庄"是区别开来的,"庄"是一个行政村的中心,庄以外的地方就是"舍"和农田。以前,比较殷实的人家住在庄上,住在舍上的多半是困难人家,庄上几乎是瓦房,舍上几乎是草房,即便是新中国成立以后许多年也还是这样。因此,庄,是一个村的政治、经济、商业和文化中心。这些年来,以草房为主的舍差不多都翻新了,再也没有我小时候见到的那种草房子,而且以前称为舍的地方,比如南舍、北舍现在也像庄子了，样子很时兴的楼房多数建在这些被称为舍的地方，因为庄上的格局已经不容许建楼房。这就是所谓三十年河东，三十年河西。

这个庄的先人选择居住地是聪明的，庄的四周都是河流，河流之外都是农田。我所说的河，是庄前（也就是庄的南面）的河，所说的桥，是架在这条河上的桥，过了桥向南的路就通往公社、镇和县城。离开这个村庄去外地，都要从庄前走，过了桥再上路，路的南端是一条公路，右拐向西，是公社和镇；左转向东再向北是县城。

庄上南北打通的巷子有四条，两边的按照方位分别称为"东头巷子"和"西头巷子"，中间的两条，东边的称为"大队巷子"，西边的称为"供销社巷子"。大队部处于庄的中心，是大地主家的建筑群，非常气派。我读小学时，大队部和礼堂是连在一起的，学校在巷子的东侧；读初中时，学校搬迁到南舍，学校拆了，盖了新的礼堂，旧的礼堂拆了，成了一块空地。南面的旧礼堂拆了，大队部的东门封闭，开了南门，以前见不到阳光的大队部一下子亮堂了。1981年的1月底，我和往常一样被大队部叫去帮着填写各种报表，连续几天坐在大队部办公室，虽然是冬天，但呼吸到的气息和我小时候进去时的是不一样的。那天中午，我站在门前的空地上看大队部，觉得它很像县城里的那些旧院落，可以想象出当年这户地主家发达时的气象。

　　大队部向南，是村民的住宅。再向南，靠近河边的高大建筑就是供销社了。前面两进房子是门市，后面一进是宿舍。我很少见过这么高大宽敞的平房。除了镇上的供销社，就数我们庄的供销社最大了，周围几个大队都是到这里来买东西。西边的巷子叫做"供销社巷子"，也见出当年计划经济时农村供销社的地位。因为供销社的房子特别高大，它的东山墙就成为天然的宣传阵地，毗邻大队，又是商业集散地，凡是要张贴的东西，都贴在这面墙上。

　　在我离开这个村庄时，庄上还是这样的：找人说闲话在供销社门前，看布告专栏在大队巷南，办事到大队部去，看电影进大礼堂。这是多年的秩序。

　　我离开的那一年，村子里有两部电话机：大队的，供销社的。电话机是手摇的那种，很像我们在电影里看到的日本人用的电话机。在二十世纪七十年代中期，大队部东厢房是公社邮电局的一个分总机，公社西部各大队的电话都由这里转接。无数的电话线和插头，是这间房子留给我的印象。到了二十世纪七十年代后期，这个总机撤了。供销社的电话是供内部使用的，没有特别的情况，村庄上的人是不会去那里打电话的。

大队的电话机差不多是公用电话，那间房子是西厢房隔开来的一半，北面是大队以前来客人时供客人住的一个小房间。电话房还有一套扩音机，连着家家户户的电话和一只高挂在电线杆上的喇叭。如果有重要的事情要讲，比如春耕、秋种、防洪抗旱、过一个革命化春节、征兵，等等，就要通过广播宣传，由大队（村）领导讲话。先在喇叭里通知收听时间，然后每家的广播就传出领导的声音。这个喇叭还有一个用途，通知某人到大队部接电话。我寒暑假在家，这个喇叭就经常呼我的名字。我五分钟后就能赶到，等待电话铃声。这是一个进步。以前，大队的通信员张爹，一个和我外祖父同辈的老人，总是把电话挂下后拱着手跑到我家，在门口喊一声。这位老人在解放后一直做大队通信员，直到我上大学。他走路时不管春夏秋冬，两只手都交叉插在袖口里，个子又矮，碎步走路。大一寒假，好像还是他到家门口喊我接电话的。我跟在他后面，觉得他走路的速度慢下来了，人又矮了些。我记不得他哪年去世的，等别人在喇叭里呼我时，张爹肯定走了。张爹见证了这个村从土改到人民公社的全过程，当他离世时，这个村庄与外部世界都发生了天翻地覆的变化。

等电话也是件麻烦的事。在你等的时候，别人可能正好往外打电话，给你打电话的人则怎么也打不进来。知道对方是谁时,我有时就打过去。打电话不好直拨,需要镇上的总机转。等我通完话了,大队通信员再打电话到总机,询问刚才的通话费用。读大学期间,没有急事不往家打电话。工作以后,父母亲两边跑。那时学校住房紧张,事业心特别强,有一阵子,我们索性把女儿丢在老家,这样,打电话次数就多了。不必说村上,我在学校的宿舍也没装上电话,总是跑到宿舍附近的小店,那里有公用电话。打两次,先联系上大队的通信员,约好时间,等父母带孩子来了,再打。后来有经验了,就约好时间,父母在大队部等着,我把电话打过去。女儿在那头说什么,听不清楚,只听奶奶对孙女说:叫爸爸。感觉女儿在电话里喊爸爸了。

女儿在老家学会叫爸爸妈妈时,村上已经有不止两部电话了。不少老乡家里装上了电话,邻居家也是比较早装上的,这时,我就很少往大队部打电话了,偶尔打电话,就打到邻居家。寒暑假回家,也很少听到那个喇叭呼谁接电话了。再后来,有手机的人也不少了。我在青年时期,听到电话铃声都会突然紧张、兴奋,但现在,庄上鸡叫的声音已经几乎听不见,电话、座机和手机的声音倒像当年鸡叫一样普遍了。

供销社东山墙上最后一批大字报专栏是揭批"四人帮"。山墙上是大队和各个生产队的专栏,大队的专栏从内容、图案到抄写几乎都是我一个人的手笔。我只记得其中有郭老的词"水调歌头",就是大家熟悉的"粉碎'四人帮',大快人心事"。我自己也填了一首所谓的词,那阵子很奇怪,我对填词兴趣浓厚,实际上我对词的常识知之甚少,真的是在写"长短句"了。这大概是大队最后一次政治高潮了。这面高高、长长的山墙上渐渐失去了一张张白纸的覆盖,风吹雨打后,残留在墙上的纸片也逐渐腐朽脱落。我到大队部办理户口迁移手续时,还像往常一样从这条巷子穿过,我当时已经忽略了这面山墙与政治的记忆以及我在上面曾经留下的印痕。我穿越的这条巷子,往昔的气息正在散去。

当我从学校回到村上时,大队巷子已经是另外一种商业的气象了。特别是到了1983年以后,这条巷子仿佛是镇上的那条老街,许多户人家的大门改成了商铺一样的结构,有柜台了。巷子还有卖瓜果蔬菜的摊子,卖肉的案子,甚至有人家捧着筛子卖香烟之类的东西。这是我少年时不曾有的现象。我在苏州城冷僻的小巷子里见过这样的场景,在我回到村庄后,农村商品经济的最初迹象已经在改写村庄的面貌。随着这个变化而变化的是,供销社的生意逐渐冷淡,甚至有些衰落了。当年在我看来无疑是一座宏大建筑的供销社,在这个村庄的位置越来越渺小了。小时候,在节前,我会几次走进柜台后面的仓库,悄悄给父亲买回两包飞马香烟，这在当时需要有关系才能弄到，而这个牌子在二十世纪八十年代中期即使在我们村庄也几乎没有人抽，后来也看不到这个牌子了。曾经短缺的许多日常生活用品，在村民私人的小店里到处可见。这大概就是乡村的"有计划的商品经济"吧。

我曾经熟悉的、几乎是几十年不变的场景在读大学的那些年逐渐改变甚至消失。当我带着记忆回到村庄时，有许多印象已经无法吻合。我在变，我熟悉的村子也在变。

原先的那个大集体没有了，村庄上各种大集体的气派也没有了。四合院式的大队部成了私人住宅，村民委员会的办公室搬到了桥南新建的两层红砖楼上。这块地原先是农田，现在已经是一个新的居民点，而且以楼房居多，到外面打工或者以其他方式赚了钱的人差不多都在这里造了楼房。和这些村民的楼房比起来，村民委员会所在的那幢像教室一样的红楼实在是简陋和粗糙。这是个变化，而且极具象征性。多少年以来，在一个地方，标志性的建筑物总是与权力联系在一起的，我所熟悉的村庄、公社、乡镇都是这样。在二十世纪八十年代，当苏南的乡镇企业迅速发展起来时，各级办公场所在当地总是标志性的建筑。我们这个村、镇也在发展中，但它和苏南的乡镇是不同的模式。苏北的乡村缺少企业，农民自由了也比过去日子好了，但集体经济的状况并没有大的改观。在一个村庄，如果没有企业，没有称为农民企业家的能人，这个村庄其实仍然处于自然经济的状态。庞大的集体的解体，一方面释放了原先体制对农民的约束，另外一方面，集体经济的匮乏无力改变这个村庄的面貌。这样一个特点，即使在今天也没有大的改变。不在农村长大的人不知道，改革后的农村是不一样的。

在"大集体"时代，村庄上的路灯到了晚间总是亮的。我夏天回去时，感觉不到路灯的变化，夏天没有路灯巷子里也是亮的；但到了冬天，夜间没有路灯就乌黑一片。有一天，我突然感觉路灯不亮了，就问起原因。这才知道，路灯是公共事业，需要由村民委员会付费，但村里经济很紧，无法支出，只得关闭了路灯。这让我唏嘘不已。可能也因为这个情况，每家的大门前差不多都装了电灯，这个费用是各家付的，自然节约用电，有人进出门时门前灯才会亮起来。我注意观察，有些大方点的人家，到了夜间，睡觉前才会关掉大门前的灯。平时，巷子里通常是黑的，只有厨房里灯光会透出窗户。差不多到了春节的时候，每家都不再节约，大门前的灯都亮着，这个时候才有了万家灯火的气氛。

大礼堂已经基本不开会，也很少放电影，更不必说文艺演出了。偶尔放电影，差不多是在外地打工的人赚钱后包场的。

放映电影少的原因，除了费用问题，也与电视在农村的普及有关。二十世纪八十年代初中期时，有电视的人家还很少，如果有特别好的电视剧，邻居会集中到有电视的人家看，客厅坐不下了，会把电视移到堂屋门口，这样天井里会站着更多的人看。这个情形，就像当年在场上放映电影一样。后来，逐渐有电视了，从黑白到彩电，从无线到有线，电视也构成了乡村日常生活的一部分。于是，放映电影的重要性在村庄消失了。

文艺演出在我少年的记忆中是多彩多姿的，"大演大唱"的光景自然不复再现，但从七十年代到八十年代的过渡中，文艺演出仍然是乡村生活中的亮点。我们这个村在"文革"时期的文艺活动持续多年不衰，也因此出了不少具有表演才能的人才，我的两个阿姨当年在方圆几十里都有声名。样板戏从乡村的舞台上退出了，极具政治性的节目也不再是一种任务，每到冬天就集中活动的文艺宣传队也早已解散，我的两个阿姨以及当年和她们一道演出样板戏的人已经进入中老年。作为乡村文艺活动传统的延续，是每到春节，有两个姑娘挑着花担子到一些门户走几步，表示祝福。在二十世纪八十年代中期以后，挑花担子的姑娘也不见了。这个时候，一些远处的民间艺人在春节期间会挨家挨户地走，唱几段吉利的词，主人给了钱后便离开。也有些人家听见琴声过来，便迅速关上大门的。

在我离开村庄之前，耕牛已经没有几头，在公社、大队、生产队消失之后，一头耕牛也没有了。我出去之前的拖拉机自然早已报废，现在使用的拖拉机和收割机则是个体买的。说来也很奇怪，上大学之前，我好像没有吃过牛肉，耕牛老死病死之后是如何处理的，我毫无印象。我读高中时，物理课有一学期几乎全是讲授拖拉机原理，还有不少实践课。忙假回到大队，任务就是开拖拉机。每个生产队都有一台拖拉机，有专门的人负责，从学校回来实习，也只是协助，结束时带一张大队盖了章的表格回学校。劳动对体力的消耗是巨大的，让机器代替手工，也就是实现机械化，一直是农民的梦想。

然而，拖拉机、收割机是私有财产以后，所有的使用就存在一个费用问题。有些人家舍不得花这个机械化的钱，还是靠体力靠原始的劳动工具去耕种收割。我假期回去，就发现有许多人家还像当年那样用锄头、大锹、镰刀等。特别让我不安的是，青壮年都外出打工了，在田里干活的几乎是中老年人。在现代化也成为乡村的关键词和现实生活时，耕种的传统方式并未消失。

这个时候，我就想到了耕牛，它毕竟可以代替部分人力。但是，我们这个村上已经没有人会养耕牛了，也没有人会使用耕牛犁地了。

我至今无法说清楚在我离开之后，这个村庄的变化究竟怎样。无论如何，乡村发展进步了，但"三农"仍然是个问题。以前的集体化，限制了生产力的发展，也限制了农民的出路。现在，像我们这样的村庄已经解决了温饱问题，有不少人家已经富裕起来。我们以前羡慕的县城，越来越多的人下岗，或者在低效益的企业工作，而这个时候在农村，有土地的人至少可以吃饱肚子。我在村上，在县城，也听到一些人说农民的日子比城里的人好过。其实这是彼此都隔膜的原因。乡村生活的改善，除了农民有了土地之外，很大程度上来自于副业和外出打工的收入。这个变化减少了农村人口，富余劳力在城市里有了出路。但同时，另外的问题来了，我们这一代人成为村庄上最后的农民了。我的那些同学，没有出去的，成了农村的主力，比我们年轻的几乎很少有在农村干活的。我不知道，以后这个村庄上的主人是谁，危机就在不远的将来。

　　二十世纪七十年代留给我们太多的争议和纷扰，乡村也是如此。大寨式记工、赤脚医生、河工、文艺演出等在二十世纪八十年代的村庄已经成为旧黄历，但是当这一切消失或者改变时，却少了一些新的事物衔接。特别是在村民的观念和生活方式发生变化之后，乡村社会基本处于一种顺其自然的状态。人民公社化时期，村庄的公共事业即使在困难的时候也总在发展中，现在能够用于公共事业的经费短缺。有乡镇企业的乡村，这一点似乎不同。我们这个村没有一家企业，也就没有经费投入了。让我悲伤的是，从二十世纪八十年代中期开始，村庄的公共事业及其管理，不仅没有进步，反而退步了。

这是个称为里下河水乡的地方。"文革"前省委书记到村上视察，看到绿水碧野，说：这个地方像江南，就叫江南大队吧。我读大学时，河水仍然是饮用水，但因为污染，担回来的水存到水缸后必须用明矾澄清一天才能使用，缸底会沉积厚厚的泥土。而到后来，河水基本不能饮用了，水太肥，绿油油的，还有其他污染物。乡村的污染已经使祖祖辈辈饮用的那条河被废弃了。当年在没有煤球和煤气时，村里烧火基本是用麦秸、稻草和棉花杆，而现在村子里用煤气的人家也是多数。以前的麦秸、稻草有两个基本用途：盖房子，烧火。现在，已经没有草房子，烧火也不用草了。我每次回去，都看见路上、巷子里、村头，只要是空地，都有草堆子，不必说田地里，巷子里都散着稻草麦秸。有些河段的水发黄，冒着气泡泡。问了以后知道，有些村民把没有用的稻草沉到河里去了。一个没有工业的乡村，生态问题也如此严重，这实在让我吃惊。我从村上再到镇上，沿途几乎和我们村一样，而镇上的河道虽然没有稻草的沉入，但生活垃圾的污染同样触目惊心。

这是乡村留给我的新的记忆。我不知道，那些被污染的河道有无清洁的可能？在这个村庄生长的孩子们，会不会终于有一天不能下河游泳，甚至有一天这些河道终于被垃圾填满？想到这些，我有时感觉自己血管里的血似乎也发黑了。那条哺育我的河流黑了。

　　也许，这些杂乱无章的秩序，真的如我们所说的那样，是"前现代"和"现代"的混杂，而"后现代"的某些特征其实也在乡村中出现了。

　　从二十世纪七十年代初期到八十年代初期，写毛笔字是我日常生活的一部分，学校的专栏，大队的大批判专栏，特别是后者，几乎是我一个人包下来的。此后，大概将近二十年，我差不多很少去拿毛笔，毛笔成为我书房的装饰，而这一变化又始于毛笔字从乡村生活中消失。这些年，我开始重新练习书法，或者说恢复写毛笔字。不必说年轻一代，我们这代人几乎连钢笔也很少使用了。由于签字笔的流行，以及电脑打印的普及，书法几乎从我们的文化生活中消失，除了那些还以书法为生的人。

　　在大一、大二两年的寒假，我负担最重而且也最热心的工作是为村上的乡亲写对联。我读小学的时候，村上的大部分对联是我爸爸写的，爸爸那时的书法开始形成自己的个人风格，行书特别流畅和遒劲，而且是字越大写得越好。可惜，当时没有意识到让爸爸用宣纸写几幅字。到了初中，我开始帮爸爸裁红纸折格子。这项工作并不好做，人家送来的红纸是算好的，只会少不会多，除了大队部送来的红纸会宽余几张。你得按照人家的需要裁成几副，就像裁剪衣服一样，有时还要套着裁。万一我把格子折错了，本来就是九个字我却折成七个字，而爸爸又没有数格子便径自按照九个字写下去，这副对联就作废了。如果这样，我们就得拿自己家的红纸给人家写。

　　差不多有大半个村的春联都是我爸爸写的。大年三十的前几天，我们家送红纸的人络绎不绝，我先问清楚写几副，然后再写上户主的名字。堂屋门房门厨房门的对联长短都不一样，好在村上人家都熟悉，约略知道门框大小长短。这纯粹是服务，需要自己倒贴墨汁和时间，如果我裁错了纸折错了格子，还要赔上。我从初一开始，不满足于给爸爸当助手了，开始跃跃欲试，而且会说爸爸哪几个字写得不好。爸爸连续写了几天，确实也毫无兴致，便说，我来裁，你写。我开始不相信，看他真的搁下毛笔裁纸去了，我就站到他写字的位置上了。我受爸爸的影响，从小的爱好就是书法，终于可以写对联了，就像学徒出师一样的兴奋。但笔落到红纸上，我就发现自己还不会悬腕，而且对联上的字远不及我平时，自然和爸爸还有很大的差距。

　　从1975年读初中，到我上大学的1981年，正是中国政治的一个转折时期。村庄和学校也陷在政治风暴之中。学校会配合政治运动出专栏，要用毛笔抄写；我们大队是学大寨和其他各项工作的先进，不时要出各种专栏，都需要用毛笔抄写。评《水浒》批宋江、反击右倾翻案风、批评林彪"四人帮"等，各种各样的专栏我都是学校和大队的主要抄写者。经过这样的抄写练习，我的毛笔字大为长进，开始从容自如，甚至得心应手，在我们整个公社都有些名声。此外，我又临摹毛主席诗词手迹，至少做到形似。在1976和1977那两年，大队和公社的许多人家的堂屋里都贴着我临摹的毛主席诗词手迹。这个兴趣后来突然终止了。

　　在当时的乡村，有两样活儿是一个人地位的象征：算盘和毛笔字。从镇上到村庄，有些知名度的人无不以会打算盘或者写毛笔字闻名。算盘曾经是中国最通行的，也是唯一的计算工具，乡村里的账目自然也是算盘上打出来的。书法和算盘都很厉害的，在全公社，我爸爸是其中一个。我对算盘没有很大的兴趣，但一直喜欢写毛笔字。我爸爸的算盘在二十世纪五十年代末期就闻名全公社，年终算账时总是被请去打算盘。但我觉得毛笔字远比算盘重要。爸爸从来不自夸自己的毛笔字，他说公社有谁县文教局有谁写得很好。但我后来看到了这两个人的字,我觉得未必。和爸爸相反,到了我开始取代爸爸的位置给村庄的人写对联时,我觉得我的毛笔字是超过那两个人的。1982年和1983年的春节,我差不多给大半个村庄的人家写了对联,除了行书,还有魏碑。我有时会在庄上的小巷里漫步,欣赏那些门框上贴着的我的作品。

这个状况正是乡村文化结构和文化变迁的一个写照。我爸爸那一代人读书少,能够上到初中毕业的已经是凤毛麟角。我们这一代人几乎至少读到高中,但很少受过书法的训练,也上过"大仿课"(毛笔字课),但能够坚持下来的很少。在乡下,算盘、书法以及器乐演奏都是有文化的代表,而且在一个时期决定了一个人的生活方式。除了书法以外,会写美术字和绘画,也是一技之长。在这些"手艺"中,如果你有一项比较擅长,哪怕初通,只要在这个村上是矮子里的将军,你就有用武之地。二十世纪七十年代的乡村早已政治化,大量的政治活动都需要演出和书写。二十世纪六十年代末,是不要每年写春联的,所有家的门框都刷了红漆,再用黄漆写上毛主席的诗词,比如"四海翻腾云水怒,五洲震荡风雷激""春风杨柳万千条,六亿神州尽舜尧""雄关漫道真如铁,而今迈步从头越"等。每家都是清一色的主席像、样板戏剧照和各种政治宣传画。在这些油漆的春联逐渐褪色后的七十年代初，开始恢复贴春联了，我爸爸和我也就有了大显身手的机会。

1983年的春节，送到我家写春联的红纸越来越少。街上开始有各种春联印刷品，已经流行的"福"字也有了各种字体，这是文化工业在乡村的最初迹象。需要写字的机会也越来越少了，墙上也不再需要写各种标语，商业的广告品也是印刷品，随意张贴在墙头。而算盘开始被计算器代替。"手艺活"几乎从乡村的文化中消失了。

在我大学毕业的前两年，虽然写对联少了，但我还每年帮村委会写一副贴在村礼堂门前的春联，要用六张红纸张写成。到了1985年，我不用再写了，给村委会看门的老通信员死了，村委会也不需要人看了。写春联的事没有人管了。乡亲们也不再找人写春联，都从镇上买回印刷好的春联张贴。

我给这个村庄最后的"题字"是为我的母校写了校名。镇上管文教的领导多次邀我写校名，我都婉谢了。隔了一段时间，我已经忘记这事，有一天接到他打来的电话，说学校大门重建，等我的字做设计。我推辞不掉，就提出写归写，但不署名。双方就这样妥协了。这年的春节，我回到村上，看见了自己的字，站在门前，想起童年、少年读书的时光，竟然觉得自己和村庄都老了。学校的门前也一样有几处草堆子，而现在草堆子更多了，学校也了无声息。我们这个村庄的孩子，在这个世纪初到邻村的中心小学读书了。据说是因为村上的学龄儿童越来越少，而邻村又和好几个村子都在公路边，交通方便，镇政府便在那儿设了中心小学。此事曾在村上引起哗然，在外工作的人也干预过此事，提出应当把中心小学设在我们村，因为从解放以来，我们这个村就是东半部的教育中心，几十年间都有小学、初中，一段时间还有过高中。最终，村上的孩子还是跑到外面读书了。我回去的时候，听到感叹：这个村没有地位了。父亲是在村上的小学撤除之前退休的，比他年轻的那些同事现在差不多也都退休了。一个没有学校的村庄，就像缺少了灵魂什么的。我的那几个字挂在校门的墙上，孤孤单单。它们恍如我站在那儿，追忆往昔的韶光。

昔我往矣

很奇怪，在长久的日子里，我自己的思想生活中，从来没有想过北京也在北方。这有违我读地理的常识。在六七十年代人的成长中，我们只知道北京是"中心"，而不是地理上的南方与北方。直到后来，1983年的8月我第一次乘火车去北京，越过了徐州、黄河后，我才想到方位的问题。火车颠簸，我无法入眠，特别是在越来越靠近北京的时候，我抑制不住始于孩提时代的冲动。我从广播和车厢同伴的反应中知道，列车正越过黄河。许多人都凑近窗户打量夜色中的黄河，而我依然躺着，想象自己枕着黄河穿行的感觉。我少年时有太多的时间躺在田野里，习惯在躺着的时候，仰望天空、聆听遥远的声音，而不是追逐地平线。当北方大地，当不同于南方的植被和建筑，当那些肤色和服饰也不同于南方人的北方人渐次出现在我眼前时，北方的轮廓清晰了，我越过南方到北方。北方有北京，北京在北方。

我的村庄在苏北。一条长江把江苏分成南北，苏南在我说的那个江南范围里。一江之隔，画出了两个世界。但我们不认为自己是北方，我们处于南北之间的过渡带，后来有了苏中的概念，确认了我们原先为自己保留的特权。这不是个一般的地理概念，而是经济的、文化的，因为"北方"是通行的贫穷与落后的代名词。在同一个地区，和我们相邻的几个县被称为

"北三县"。再往北，我们只知道那是比我们还穷的地方，其他一无所知。无论是工作还是婚嫁，没有往北的。如果说南方还能够顺藤摸瓜地想象，那么不寒而栗的北方则存在于寒冷和饥饿的传说中。我在苏北，但那个大而无当的北方却常常如芒在背，那是一种在贫困之中对贫困的恐惧。

在进京之前，我们所有参加全国学生联合会代表大会的代表，都到省城南京报到，集中去北京。正是暑假当中，我从老家回学校。系里的领导找我谈话，团委的老师找我谈话，最后是学校党委副书记，一位老革命，把我约到他的住所谈话。我被反复告诫要意识到自己的光荣和责任，因为是代表，不仅代表我们学校，而且代表新时期大学生。领导指示我一定要好好学习大会精神，把大会精神带回学校。我则做了不辱使命的保证，请领导和老师放心。我们那一代大学生长久地怀有政治热情，而参加这次会议则让我切实感受到了一种既遥远而又现实的政治责任感，甚至滋生了有些缥缈的抱负。诚惶诚恐的心态，在南京等待省领导讲话送行时，差不多达到了顶点。当我在南京上了火车躺在铺上时，我感到这些天来，我的躯体都僵硬着。那是一种紧张。

北京的宏伟、壮观，让我在震惊之余不知所措。在京西宾馆住下以后，我开始在地图上寻找天安门的位置，首先想去看的就是天安门。大会的多数活动都是集体性的，一个人不便出来，代表团有很严格的纪律。在获知会议日程安排之后，感到失望的是，其中没有去毛主席纪念堂瞻仰毛主席遗容的行程安排。后来知道，毛主席纪念堂正在整修，不对外开放。这成为我在北京开会的一个遗憾。另外一个遗憾是，党和国家领导人接见会议代表时，我们没有见到邓小平同志。在接见的前一天晚上，我们所有人都在猜测这次能否见到邓小平。一走进接见大厅，我们几个代表就分头看第一排中间座位靠背纸条上的名字，我们看见了"胡耀邦"等，可没有找到"邓小平"三个字。现在回想自己等待接见的心情，联想到当年红卫兵等待毛主席接见的场景，尽管这是不同的事件，但青年学生对政治的热情常常与领袖有关。在我们的少年和青年时期，毛泽东与邓小平这两个伟大的名字是我们日常生活中的"关键词"。

1986年秋冬，我去湖南长沙一家出版社送书稿，在空闲的时间里，我去的地方都有毛泽东当年的足迹。我一直觉得我们这一代人割不断和毛泽东的思想联系。因为天气降温，我在长沙买了一件风衣，站在橘子洲头时，落叶满地，想象"层林尽染，浪遏飞舟"的景象，看湘江东去。匆忙看了第一师范后，去攀登岳麓山，在爱晚亭坐了片刻，雨大了起来，我还是去看了蔡锷墓。隔天又转道湘潭，再往韶山。在匆忙的脚步中走过我少年时痴迷的革命"地图",我知道这也是当年许多红卫兵的跋涉路线。这次湖南之行时间距我1983年站在金水桥前仰望天安门城楼已过了三年,我对"革命中国"的理解也有不少变化,但始终挥之不去的是少年时期的理想主义色彩。

现在想来,我们这一代人对"文革"后中国的认识,其实是与我们对邓小平的认识联系在一起的。那天中央领导的接见,因为没有见到邓小平,我心中的失落是长久的。许多年以后,我在另外一个城市,见到当时一起在北京开会的同学,他说到我们错过了一次见邓小平的机会。看来,这样的失落感也在其他同学心中。从1973年读初中开始到1977年高中毕业,"文革"后期的中国再度变幻莫测。邓小平的复出和再次被打倒,已经与我们的学习和生活相关。即使在乡下,关于邓小平的故事也是传奇性的。我那时对《参考消息》有特别的兴趣,关于中国和世界的最新认识和消息差不多来自这份报纸。但显然,已经上了高中的我,是无法预测当代中国政治的。在当时,上了高中,基本意味着两年以后再也没有读书的机会了,不读书,做什么?这是读高中后就发愁的问题,批邓、反击右倾翻案风,让我们在"文革"快要结束时卷入了"文革"。那个时期的高中生,不可避免地按照要求参加了这样的批判活动。我也写过"批邓、反击右倾翻案风"的作文,复制主流意识形态话语是那个年代我们学习的方式。去年在读到王安忆的小说《启蒙时代》时，我再次想到我们这一代人在"文革"后期的思想经历。

代表大会的开幕式是在人民大会堂举行的。我第一次贴近这个宏大建筑物的感觉，现在还难以言说。人民大会堂的灯光如同处理过的白昼，明亮而柔和，辉煌中渗透着肃穆。尽管红色的地毯被桌椅分隔，但我仍然觉得像太阳般的一块天衣无缝的旗帜覆盖着脚下。我在位置上坐下来以后，不自觉地脱了鞋子，双脚在红地毯上摩挲。这个细节一直让我无法忘记。

我在地图上找到了圆明园遗址和北京大学、清华大学的位置，当时的感觉这三者差不多在一个方位。根据会议的日程安排，我们参观了圆明园遗址。对中国近代史的认识，自然与这个已经是废墟的皇家园林相关。等到我们一行人从废墟中穿过后，历史的耻辱感几乎在每个人的心中产生，这从后面的小组讨论会发言可以看出。用这样的历史来引导我们这一代人的方式在当时效果非常明显。圆明园这样的地方，你只要去看一次，就会刻骨铭心。废墟是一种召唤，耻辱与责任，光荣与梦想都在预设的方向发生。我站在毁弃的石础上拍了一张照片，背后是那个著名的拱门。我仰望远方，神情严肃，面孔轮廓分明。这张照片一直夹在我常翻的一本书中，在大学毕业时这本书连同照片一起丢了。但我一直记得自己的神情，以及身后的废墟。在北京期间，我们在人民大会堂看了两场电影，其中一场放映的是刚出品的《火烧圆明园》。大学毕业后讨论大学生思想品德课的改革问题，我也是一直主张多讲些中国近现代史的。那时，自己对"五四运动"意义的认识，也是从爱国主义出发的。从鸦片战争到"五四运动"，这条历史线索长期缠绕着青年时期的我们。

其实，我当时还非常想去北京大学和清华大学，但会议安排的自由活动时间很少，从圆明园返回的路上我看到了"清华园"三个字。我内心有些躁动。在"文革"后期开展反击右倾翻案风时，我们班上引用的一份资料是一个清华大学学生的日记，其中有一句话是"朝为田间撒灰郎，暮登清华大学堂"，写他接到清华录取通知书的感受。中国的学生，都有上北大、清华的梦想，我自己也是田间撒灰郎，自然体会到那个大学生欣喜若狂的心情，但当时又真的觉得他那样对比是资产阶级思想，是忘本了。在去圆明园之前，我们先游览了颐和园。读中文系的，难免不在昆明湖畔想起王国维，发思古之幽情。所以当时很想去看水木清华，看荷塘月色，但清华最终没有去成，也在多年以后才有北大的未名湖湖边徘徊的机会。

北京之行，我只是翻阅了中国近现代史的一页。这或许是一种宿命,因为我们这一代人从来都是在残缺的历史中长大的。

今年暑期,我有幸参加了在北京召开的中华全国学联第二十次代表大会。665名代表聚集京华,聆听中央首长教诲,洒下滴滴幸福泪;共商学联大计,立下拳拳报国志,深受鼓舞和鞭策。

大会期间,我们认真讨论了林炎志同志所作的工作报告,交流了各校学生会工作情况,总结了第十九次学联代表大会以来四年多时间学联、学生会工作的经验和教训。代表们指出:坚定不移地坚持四项基本原则是学生会工作的根本保证,为同学成才铺路是学生会工作的着眼点。

党中央对这次大会十分重视。八月十七日下午,党和国家领导人宋任穷、乔石、伍修权、韩先楚、费孝通等同志出席了开幕式。八月二十三日下午,胡耀邦、赵紫阳、李先念、彭真、邓颖超等在京的党和国家领导人亲切接见了我们并一起合影留念。那激动人心的场面将永远铭刻在我们的记忆中。大会期间,乌兰夫副主席到会给全体代表作了重要讲话。他希望青年一代要有爱国之情、报国之志、建国之才和效国之行为。这集中体现了党中央和老一辈无产阶级革命家对我们青年的亲切关怀和殷切期望。

听了乌兰夫同志的讲话,我的感触很深。我想到了天安门广场上的人民英雄纪念碑,想到了被焚烧的圆明园,想到了毛主席故居里有一半堆着书的木板床和有四块补丁的枕头席……想到了我们这一代大学生的历史使命。

自己的一方天地是狭小的,一旦把祖国的兴衰系于心中就变得海阔天高了。中华民族有着悠久的爱国主义传统;共产党拯救了中华,写下了爱国主义历史上最灿烂的一页。我们是跨世纪的一代,振兴中华的一页需要我们去谱写。大学生得天独厚,有着较高的科学文化知识,应该在振兴中华的事业中率先奋起,把爱国主义精神升华到共产主义精神。

四化建设需要优秀人才。人们常用"德识才学"来衡量一个人,我们四化建设所需要的人才,光有专业知识和专门技能还不够,还要具有开拓进取、奋发向上、英勇献身的革命精神。我们要学科学,学文化,走德智体全面发展的道路。

一个崭新的时代出现在我们的面前。同学们,我们不要辜负伟大的时代,勇敢地担负起时代赋予我们的历史重任吧。

这是我发在1983年9月15日校刊上的短文《肩负起历史的

重任》。暑期结束后，我在多个场合汇报北京会议的精神，又应约为校刊写了这篇文章。二十多年后重读这篇短文，浮想的不仅是北京之行，还有我们这一代人的心路历程。这篇短文鲜明传递了那个年代的主旋律之音，革命在理想主义的旗帜下，在现代化运动中获得了新的诠释。即便在今天，我自己的许多想法已经发生了大的变化，但我仍然谨慎地对待理想主义，而且总觉得自己的血液在澎湃。我有时甚至认为，我们这一代人中的一部分，也许是对曾经的真正意义上的革命怀有理解和敬意的最后一代知识分子。这在别人看来，或许是个可笑的想法。2006年7月，我由西安去延安，心情是那样的特别，在到达的夜晚，我是那样渴望贴近延河，贴近宝塔山。夜间的延安城不像我想象的那样，"后革命"的某种氛围也在这里散发着。住下后，我又被当地朋友拉上车，往枣园方向去了，到那里吃羊肉。翌日的黎明，我漫步延河，干涸的河床上零星长着杂草，跨过河道的大桥下面躺着一个衣衫褴褛的流浪汉。这个景象对我几乎是打击。只有当我仰望山上的宝塔时，神圣感才代替了败兴。我很少朗诵诗歌，此时，贺敬之《回延安》的诗句脱口而出。如果回到当年，我或许是个革命者。在宝塔山下，我看到了有家小店卖剪纸，既有以革命为主题的，也有反映民间风俗的。我挑了许多张，从这些红色的剪纸中，想象当年的延安。在从延安去米脂的路上，大家说到那时的革命者，我说，丁玲"昔日文小姐，今日武将军"，这才是"超女"。

二十世纪八十年代的校园仍然充满政治激情。自发的党章学习小组层出不穷，尽管在二十世纪八十年代初期，像我们这样的学校，一个班级能发展一两个党员已不容易。我的上一届同学中，直到毕业都没有一个人能够加入党组织。但这丝毫不影响学生申请入党的势头，未能在学校入党的部分同学，毕业前夕还要求系里把自己的入党申请书放入档案。当时获知高年级有同学是党员，我们看他们的眼光几乎是异样的。而学生党员在平时的学习生活工作中也发挥着特别的作用，也就是党组织要求的"先锋模范作用"。

1981年的11月16日晚，我们都挤在文科楼三楼大教室收看那场揪心的第三届世界女子排球赛。这场历时十一天的比赛，决赛在中国和日本女排之间进行。我们仿佛也在日本大阪市府立体育馆内，情绪紧绷。这场鏖战终于以中国女排夺冠闭幕。当时大教室的狂热气氛几乎沸腾。那时，我们仍然把体育和政治和中华民族的振兴联系在一起，上街游行庆祝的队伍迅速集结走出校门，这几乎是一个全国性的景象。"三大球翻身，女排捷足先登"的标语随处可见。等我们从街上游行返回第八宿舍时，部分同学的兴奋情绪还难以平抑。和我们住一幢楼的体育系学生，在楼前砸酒瓶、烧棉被，又有同学把装垃圾的箩筐拉来焚烧，围观的同学越来越多。就在这个时候，一个高年级的同学大声疾呼：不能再烧东西！我认出这是我们系77级的班长。他又挤进人群，再次大声说：我是共产党员！请大家听我的！在一阵喧哗之后，同学散去，火也被扑灭。

许多年以后，几个系友聚会，这位班长也在场，大家说到了这件事。我们几乎是齐声说：我是共产党员！

政治理想与入世情怀在很长一段时间影响了我对道路的选择。在最初选择专业领域时，我也放弃了自己对古代文学和现代汉语的爱好，涉足中国现当代文学，这个与二十世纪中国关联密切的学科，与当下生活气息相通的领域。从1985年到1989年，我对报告文学特别有兴趣。苏州乡镇企业不断崛起，反映这类题材的报告文学创作活动在我生活的城市是个文化热点，我也常常被组织到这类活动之中。而自己刚开始的学术，则几乎是报告文学评论。或者是与现实主义相关的创作。在1987年发表的一篇论文中，我写了这样两段话，今天重读，虽不说今是昨非，但确实见出当年的文学观与世界观的局限以及语言的空洞："如果换一个角度结束本文，我们不妨这样说：从报告文学忧患意识复现与深化的过程中，不难发现报告文学仍然执著于革命现实主义。我们认为这是艰难而成功的选择。自然，我们并不厚此薄彼，遗憾的是，'现实主义'和'革命现实主义'似乎受到不应有的冷落。""报告文学自然要有新的发展，但它不会离开现实的土地'羽化而登仙'。一个伟大的民族不会因成功而麻木，而失去困惑；一个真正的报告文学家也不会对一个成功而又困惑的民族失去忧患精神；人类只要在克服困惑中前进，作家的忧患意识就会在前进中萌生。——从这个角度讲，忧患，何尝不是一种永恒的意识呢？"

如果重新回到大学时代，我不知道自己是否会选择不一样的大学生活。在到学校报到后的当天晚上，班主任便找我谈话，说看了档案，了解了我上大学前的情况，让我先做班级的召集人，然后再做班长。这很出乎我预料，而且让我诚惶诚恐。但四年大学生活我由此踏上了一条"不归路"，班长、系学生会主席、校学生会主席、市学联主席，围绕这些岗位，我几乎成为一个职业学生活动家，成为学生中的"公众人物"。自己的性格也因此改变，而内心深处的约束也增加许多。1983年冬天不停闹地震，经常会有学生从教室窗户跳出去，教室的楼道也常常在一片恐慌中塞满了疏散的人群。女同学在这种情况下似乎特别慌张，我们几个学生干部去女生宿舍楼维持秩序时，又有轻微的震感，有些女生裹着被子从楼道里冲出来。我现在还记得，我爬到了宿舍前的砖头堆上，大声说："不要慌张,我是学生会主席,听我指挥。"当时的声音一定很大,有的女生记住了。工作后遇见另外一个系的青年女教师,她对我说,你就是闹地震的晚上喊"我是学生会主席"的那位吧?

1984年的冬天,大雪覆盖了江南。学校提前放假了,我和几个学生会干部还在办公室忙着和低年级的同学开会,他们在我们实习期间,临时负责学生会工作。散会后,我一个人留在办公室,望着窗外被大雪压弯了枝头的腊梅树,苍茫感弥散在我身上,我已经面临毕业分配的选择。就在这个暑假开学后不久,学校开始第一次尝试保送免试硕士研究生。我具备基本条件,有申请保送的想法。那天在操场上看系运动员训练时,分管学生工作的系领导把我叫到边上说:你有条件保送,但我们考虑需要有又红又专的人来做学生思想工作,我们有这样的考虑。我愣了一下,理解领导的意思是考虑我毕业后留校做学生辅导员工作。而我当时的兴趣已经开始向学术靠拢,但领导这样说了,我觉得自己还是要服从组织安排。我于是诚恳地说:我是党员,服从组织安排。而这样一个选择,预设了我以后多年的矛盾,长期处于行政与学术的冲突之中,并且在相当长一段时间,我在党务工作之余的学术研究被一些人视为不务正业。当1985年即将到来时,毕业分配的问题越来越靠近,政策也越来越明朗。涉及我的困难在于,当时是分配而不是就业,毕业后是依据政策规定被分配到某个岗位，其中的一条政策是徐州淮阴盐城连云港地区的毕业生必须回原籍工作，而我是盐城籍学生。直到临近毕业的五月，我的去向始终没有结果。我没有去找领导，而领导也正为此事伤透脑筋。我开始整理东西，做好托运的准备。这时，我父亲给我写来一封信，告诫我不要给系领导添麻烦，回来也是一样工作。父亲特别说，如果确定不能留校，你一定要以好的表现和心情离开学校。父亲的这封信让我觉得一个普通人的伟大，我一直把这封信保留着。在这一点上，我觉得自己有点像二十世纪五十年代的大学生。到了六月，领导找我谈话，说学校已经给省教育厅打报告，要求特批你留校，但结果无法确定，你要有两种打算。

　　我当时只有一种打算，准备回去教书，各种传来的消息似乎都告知我留校不可能。那段时间是我在大学最平静的日子，我当年进这所学校就很不情愿，如果留校，对我其实也是个讽刺。但以当时对学生的评价标准，我因为优秀而成为留校的对象。我记得在春天到来时，县里的领导到学校来开座谈会，欢迎我们回乡工作。带队的领导单独找我谈心，说，你如果回去工作，可以安排你担任团县委书记。这个岗位需要人。但也就在这期间，我自己的心思已经转向学术一途，我希望有机会读书做学术。但县委领导的谈话，对我也不是没有诱惑力。我找到学校领导，汇报了县领导的谈话内容，校领导说：你不能随便答应，学校对你的工作有考虑。我明白了领导的意思。当现在我已经做好回去的准备时，倒也没有后悔当初未答应县领导的好意。我想得多的是，回去以后还是要报考硕士研究生。这样，我开始到书店买外语和政治复习资料。

这样的情形是重点大学的学生无法想象的事情。我最终留校，但考研的想法又越来越强，在学术与行政之间选择的困难，几乎持续了二十年，这在许多人看来是不可思议也无法想象的。二十世纪八十年代中期以后，大学生的思想状况和我们已经不同，如何做学生的思想工作开始出现许多问题，大学的政工系统如何建设也已经出现许多新的情况。需要不需要专职学生工作队伍，一时成为焦点问题。那些年，青年知识分子与政治的关系已经发生微妙变化，出国留学、从事专业教学研究对青年人中的多数更具吸引力。于是，在我们这样的学校就出现了学生政工队伍不稳定的现象，而在一些重点大学，则改专职为兼职。当然也有另外的情形，有些同事则希望通过做学生政工成为学校的管理者和领导者，而此后的一段时间，大学的逐渐行政化也为这些同事的发展创造了条件。我一直给本科生上课，系里也希望我转为专业教师，兼做学生思想工作，报告打上去了，学校说不行，如果同意转，会影响学校政工队伍的稳定。我为此沮丧很久。既然不能转为专职教师，我想先在职读硕士学位吧。我又提出申请，学校还是不同意。我直接跑到校领导那儿去争取了。这位我熟悉和尊敬的领导说，你的这些想法都可以理解。但学校留你不容易，要转岗你是第一个，要考研你是第一个。你在政工队伍中是有影响的，如果同意你，会造成政工队伍的不稳定。我不同意领导的意见，领导也觉得我的想法不无道理。她最后说，先这样，以后再说吧。

我记得就在领导这间办公室，我热泪盈眶，如果不是忍住，也许会哭出声来。但在走出这间办公室后，我终于泪流满面。

以后，一直到了二十世纪九十年代以后，学校开始鼓励政工人员考研，而且也开始分流政工人员。我当年因有这样的想法被批评，而这时却意外地成为"榜样"。真是此一时彼一时。当年我的那些同行都陆续攻读学位，因为在学校从政也需要高学历高学位。这就是二十世纪九十年代以后大学的学位不断贬值的一个因素。从学生时代开始，到做政治辅导员，再到担负行政领导工作，我们那批人也人到中年，各自选择了自己的道路。我觉得遗憾的是，在二十世纪八十年代我们多少都曾经拥有的政治热情，在许多人那里已经变质。而自己现在的想法是，一个知识分子对社会的责任应当内在于他的学术。即便是这样一所大学，从这里出来的人也走上了不同的道路，大学毕业初期，曾经有一批意气风发的青年教师，现在偶尔也聚在一起，虽然还谈笑风生，但大家的内心生活早已两样。我有时从校园里走过，常常觉得以前熟悉的东西，变得陌生了。

融入与隔膜

从那时到现在，我觉得自己在这座城市中的身影是模糊的，我看这座城市也是模糊的。

我带着一只木箱一条被子来到苏州，在南门汽车站下了车。江苏师范学院的几个师兄举着牌子接走了我这个新生，我坐在大客车里，从天堂的中轴线人民路穿过，晃晃荡荡地拐进十梓街。这条并不长的路似乎开了很长时间，我现在知道这其实是我的心理时间。那天一大早从县城坐车出发，我对自己要到达的这座城市并无具体的感受，将近三十年前，我对我生长的村庄之外的任何一座城市只是来自地理书上的概念。在靖江过轮渡时，我第一次看到长江，才意识到我身后的村庄远了，"苏州"离我近了。在进了十梓街1号大门后又过了四年，我留在苏州的学校工作。

苏州早已不是当年的苏州，我用过的木箱和被子也早已废弃，像我这样的一批"新苏州人"既"融"也"隔"地在苏州扎根。我在故乡生长了我的身体、血脉、秉性和口音，在苏州成长了我的思想、知识、能力和文字，我的履历表和各种简介中总是会同时出现"东台"和"苏州"的字样。我知道，我部分地融进了这座城市。但我常生隔膜。我最初来苏州时倒有点似曾相识的感觉，那时我看苏州，是几个合并的小镇。在小巷大街，在剧院学堂，在河边桥畔，在庭院，在澡堂，在郊外，我总能找到青少年故乡记忆的一部分。后来我才知道，这种感觉是表层的。我遇到许多老苏州，他们讲述的"苏州"在我看来是完全陌生的。

  无论是清新还是浑浊，这座城市的空气里有我的呼吸，在不同的空间里有我的声音。我从这座城市出发，到异域他乡，不管走多远，总会再回到这座城市。在我生活的地图中，苏州是一个中心位置，无论是出发还是返程。苏州历史和现实的荣耀，即使在我颇为尴尬时也能体会到。比如我到外地演讲，忘情时语速很快，闻者会说王教授的苏州普通话虽然好听但不好懂。比如我从小就不爱吃辣，招待的主人会说，你们苏州人喜欢吃甜的，但我们这里的锅子也辣。比如，我离开了南方，见面的朋友会说，你这么高大，长得一点不像苏州人，要不是你的声音温和，还以为你是东北人呢。比如，因为你是以文字为生的，人家恭维你时会说你的文章如何好，苏州这地方自古出才子。我身上的气息和气象似乎也从正反两面阐释着苏州：吴侬软语，美食，白面书生，文化底蕴。这很有趣。这座城市和它的周边，没有我先人的坟地，也没有我家族的发迹或者衰败的历史，一个和这座城市没有血缘关系的人，虽然你也爱它，但你总是缺少那种与生俱来的切肤之感。

  负笈吴地时，苏州只有一城尚无两翼。

晨练跑步，出了北校门，奔干将路，下相门桥，右拐向南沿着护城河到葑门桥折回十全街，经百步街返南校门。这一圈，几乎穿越了城乡之间。在城里能够呼吸到乡间的气息，在二十世纪八十年代初几乎是个普遍的现象，远不像今天这样稀奇，非要开着车出门做文化的行旅。那时的青年学子如我们，也都有现代化的想象，但怎么也想象不出在东环路之东会崛起一个叫工业园区的地方。如果我们朝南站在人民路，这就是古城的左翼。

寒暑假往来苏州，汽车常跑的路线是彩香路，那时已经有些高楼起来，但仍然杂乱和清冷。在未至彩香路时，有田野和青山，路途颠簸，但景色宜人。我印象中总是在飞扬的尘土中进入彩香路。我们读书时很少往西走，只有集体郊游时才会往西南和西北方向，去爬山，去拜佛，而且是非宗教式的拜。我不太离开学校，婚前体检，到了妇幼保健医院，这几乎是我当时往东走得最远的地方。等到有一天，我站在新区管委会的高楼上鸟瞰时，我才明白自己真的是不知有汉无论魏晋了。如果朝南站在人民路，这就是古城的右翼。

这左右两翼的景象已经无须我多着笔墨。在两翼羽毛未丰时，尽管苏州已经是个著名的古城，但并不显赫。当时的苏州已经开始发展，而城区给人的感觉是十分局促，另外一个解释是精致。它曾经繁华，因为有过经久的繁华，虽然城市给人的观感有不少衰败的痕迹，但毕竟是繁华后的衰败，这和一贫如洗的荒凉是不同的。我没有这座城市更早的生活经验，但以我当时的感觉，我就意识到，在这个城市中的人总有不变的秩序在延续着。现在想来，支撑这个不变秩序的就是我们常常挂在嘴边并不断成为研究对象和话题的吴文化。

我第一次进园林，感觉是到了一个大地主家。这是我用看地主家院子的眼光看园林。这种感觉很快消失了。政客文人商贾总喜欢在苏州置地筑巢，这地方自古以来好像就是修身养性的居所。所以不仅是本地人，外地人对这座城市的想象也是认为它是个闲适的世俗社会。这种感觉几乎不错。即便是已经繁华如梦的当下，我们仍然能够找出闲静来。特别是还有旧式文人气的朋友，可以从这座城市呼吸到腐朽的气息（这里的腐朽当然是在审美的意义上说的）。

如果从一个写作者的角度看，我更喜欢南方的文体，婉约、潮湿而秀美。这些都是包括苏州在内的江南品格。八十年代中后期，我们这些大学青年教师喜欢高谈阔论，就常常到园林的茶室喝茶，指点江山激扬文字。那种激情和慷慨又与园林的氛围极不协调。在茶室里喝茶议论国是，成为1987到1988年我们几个青年教师的精神生活。

现在想想，当时还是很寂寞的。

二十世纪八十年代中后期，社会处于急剧变化之中。苏州呈现新的面貌，但没有知识界的新思想。我一到上海的大学，就生不知有汉无论魏晋的感觉。当时，我对苏州的评价是：这是一个文化的城市，但缺少思想的生活；这是一个单纯的城市，但缺少复杂的背景。

一座城市的气质其实与大小文人的精神呼吸有关，如果往缥缈处说，与文字有关。富贵温柔之乡中生活着这样那样的文人，他们的气息影响了关于苏州的讲述。说到苏州，我们会征引许多诗词来形容。这已是我们十分熟悉的方式。一个城市便是一种文化符号，而文字是要素。一个城市可能会成为废墟或者消失，但记录它的文字会将这座城市凝固。文人写作对一个城市的重要大概就在这里，而一个有历史和文化的城市，它的遗存物和传说几乎总与文人相关。无论在何地，如果它的历史上没有一个或者一批好玩的文人，这地方绝对不好玩；如果它没有一个或者一批厚重的文人，这地方绝对不会深沉。在更广泛的意义上说，文人只创造了历史的一部分而不是全部，但在关键之处总会有文人出现。如果我们考察苏州的历史和现实，我这样的判断仍然有相当的合理性和根据。若说苏州好玩，不仅因为山水园林美食，还有好玩的唐伯虎；若说苏州厚重，我们自然会提到顾炎武。但多少年来，被传说得更多的是唐伯虎。

近代以来，苏州这地方出现过许多有意思的文人。就文学而言，我们熟悉的"鸳鸯蝴蝶派"，苏州作家是其中的劲旅。读陆文夫先生的一些文章，就知道周瘦鹃、范烟桥、程小青先生这批文人是非常好玩、爱玩的。陆先生的代表作《美食家》便是他与他们一起玩出来、吃出来的。当然，好玩不一定玩出什么作品，但不好玩肯定不能玩出好玩的作品。现在苏州的文人还很好玩，我不便一一道出姓名。有好玩的文人，这个城市的紧张程度便会缓解，只是好玩的文人都在圈子里。

二十世纪八十年代中期以后，我也时常参加一些聚会，我没看到男性有穿西装的，十全街上的中式衣服有不少是我的这些朋友买去的，他们通常不做假洋鬼子，而是做旧式文人。这也有趣，做的是新文学，骨子里却是旧式文人的血脉。想俗到底，但总是放不下架子；想雅到心，可实在不能一尘不染。文人雅集，说的全是胡话，但文化、趣味、性情、心智全在里面。一个严肃的话题，有时由文人说出来，全散了架。所以，外面的人总认为江南的文人有才情而少思想。这并非全是误解。一次到李公堤的某家饭店吃饭，有道点心像麻团，用油炸出来的，外面酥酥的，里面的馅儿滚烫滚烫的。我看同桌的朋友吞了一口后缩回,便建议店家此点心不宜在夏季享用。后来想,苏州文人说话如这点心,外面酥酥的馅儿烫烫的。我有时觉得,文人的聪明全从嘴里吞云吐雾地出来了,落到纸上反而飘忽。

这样说,自然是强调了苏州文人好玩有趣的一面。厚重在哪里呢?顾颉刚疑古,是厚重;费孝通过江村调查,是厚重;俞平伯研究红楼,是厚重;颜文梁办美专,是厚重;周瘦鹃投井,是厚重;为了保护老苏州而奔走呼号的人,是厚重,等等。厚重不只是因为能够自我把持,能够守住风骨,还在于厚重者既是文人,也是现代知识分子。以前只有文人,现在还有叫知识分子的阶层,文人可以守护自己的性灵,但不能不养成知识分子的品格。于是,背靠历史而又介入现实的文人,才有可能给社会以力量,才有可能既在世俗之中又在世俗之上。苏州这地方,即便是现在也并不缺少一篇文章,一幅画,一出戏,一首歌;如果在自我把玩之外有更多悲天悯人的情怀,在闲适冲淡之中蕴藉更多乌托邦的激情,苏州或许会有另外的精神。

世俗的苏州让我们觉得这是一个生活的城市。我初来,也觉得这里生活富足悠闲。但在深入到这座城市的内部后,我才发觉这只是一种印象而已。比如说,二十世纪八十年代用抽水马桶的人家很少，老房子太多了，城市还没有改造。八十年代的最后那几年，无论是肉、鸡蛋、鱼还是其他食品都很紧缺。全国困难，苏州也难免。1989年5月女儿出生后，我有两年时间总是起早到观前街排队买奶糕，到处托人买鸡蛋。

照顾女儿的日子让我很快从二十世纪八十年代来到九十年代。

这座城市多雨天，开始很不习惯，待长了竟然也觉得纷纷的雨丝仿佛忧郁缠绵的诗行。在纷落的樱花尚未被雨水淋湿之前，我和怀孕了的爱人以樱花为背景拍了张照片。进产房前几分钟，孩子的名字还未取，但听春雨推敲窗户，我便给孩子取了个带三点水的名字。

接下来，那雨做的诗行便让你心烦意乱。婴儿睁开眼睛后总得打量这陌生而神奇的世界，于是选一个"阳光灿烂"的日子，用小车子推着小宝宝到附近的公园转几圈，或者抱着她在校园里兜兜；这样的情形当然不少，同样不少的是遭遇雨天，夫妻俩可以一人抱宝宝一人撑雨伞出去经风雨见世面，但谁都不会浪漫如此，通常只有给小孩挂急诊才不得不这样。

更严重的问题是无法晒尿布。有经验的长辈说，关于育儿的种种书本上也这样说，等差不多的时间，给小孩端一次小便。但大多数情况下婴儿的小便没有什么规律，你让她尿她不尿，在自家人身上她不尿客人一抱她就尿。这样，尿布就紧俏了。晴天不必慌，现在的尿布不像以前缝几层，单层的又有洗衣机甩干，在太阳下一晒就干了。幸福的白尿布！猝不及防的是，突然有雨而又忘了收，于是晒干的尿布就被老天爷尿湿了，你去打谁的屁股？遇到阴天接阴天再接阴天，越是没有尿布，小宝宝越是尿个不停。虽然是八十年代末了，还没有用电暖器什么的，因此只能用原始的办法来烘尿布了。

　　我曾经看到我的祖母或外祖母用冬天取暖的铜炉烘尿布，这种铜炉现在很少能看到。乡下未用煤球炉时，遇到紧急情况，就把尿布放在灶门口烘；慢一拍则在灶身围根绳子挂尿布，显然这是不卫生的。我老家用了煤球炉，怎么烘呢？传统的办法，是在炉边围根铅丝，类似于灶烘。但现在多是陶瓷的煤球炉，铅皮的少了，传热很慢。寒假在家，我和做了爷爷的父亲想了许多办法。后来还是父亲灵机一动，找到了一只旧铜炉盖。往炉口一盖很快传热。我父亲搬来凳子，就着炉子坐下。湿尿布放在盆里，双手展开尿布，在铜炉盖上来回移动，腾腾热气带着特殊的味道往四周扩散。我父亲吸着烟，不紧不慢，优哉游哉的样子。父亲年轻时脾气很急，这时一点也看不出，做了爷爷的父亲在有了第三代后于温和中显出慈祥。我因此想，烘尿布中也有天伦之乐。这样想来，甚至觉得一次性尿布虽然方便，但不仅奢侈而且使人们失去了体味细腻感情的机会。让一次性尿布见鬼。

回到学校怎么办呢？父亲要我带上铜炉，我说不要，总会有办法。又是雨天又是尿布成堆。我情急之中，用搪瓷饭盆代替了铜炉盖。饭盆没有铜炉般的眼子会闷熄炉火，我就在炉口垫了三块瓦片。我很得意，没有眼子也就没有煤烟熏，这反而卫生。此间，我正在研究散文，想起林语堂所说的"如在风雨之夕围炉谈天"的境界（当然彼炉非此炉，围法也不同），觉得有趣。

那时住集体宿舍，小孩的尿声隔壁邻居都可听见，且不用说在外面烘尿布，别人会看不到？婚前大家在一起都说过"大丈夫"的话？我的举措使大家大开眼界，一时有"轰动效应"，褒贬不一。对门阿姨说，你带了头，大家怎么办呢？阿姨的儿子正准备结婚。

我不知道在什么时候养成的习惯，喜欢雨天到书店买书。大凡文人几乎都有自己的癖好，我也算是有自己癖好的文人吧。

以前，书店少的时候，我（不仅是我）感伤，由书业的萧条感慨文化、学术的衰败；有时进出市中心的新华书店，看到门面不断变换，原来熟悉的书架上摆满了音像出版物，我虽体味到社会的发展和书店的无奈，但在嘈杂的市声中我还是仿佛感到"书"的笔画已经散架。现在，书店多起来了，且有雅有俗；虽然多数书店都"通俗"些，但"大众"总是大众，也与今天文人和学术的地位相称，能有这么个地方淘几本自己喜欢的书，岂不快哉！书店的商业化倾向在高雅的气氛中愉快地发展着。当然，能有坚持学术理想的读书人办书店更好。北京有读书人这样做了，而且做得很好。出差到北京，问起买书的去处，朋友说某书店某书店好，我想去，因为种种缘故到底没有去成，以至上了飞机后，总还觉得有什么事件没办好。

去书店的人未必都是买书，就像逛商场，看的人多买的人少。每天大概都有人到书店随便翻翻，所以有些书就像图书馆阅览室的书，有污迹，而且起了层。有这么多人翻过，想必是受欢迎的书，为什么不买回去呢？我甚至想，偷书未必就是把书带出去，在书店成天看书何尝不是另一种偷？碰到我喜欢的但污染了的书，即便减价优惠也不会买，这样的书何以开卷又何以卒读？所以我觉得书店应当是最清洁的地方。

雨天的书店没有晴天的嘈杂，除非来书店躲雨，很少有人在那儿无故乱翻书。雨打窗户如枯荷听雨，只有在这个时候，你才能静下心来挑书。爱书的人未必都在雨天到书店挑书，但是不爱书的人肯定不会在雨天到书店来。书店的清静颇让人愉快。

　　站在书店门口,我感到初入深秋的冷意和一个人在书店买书的孤单。雨愈来愈大,零落在马路上的梧桐树叶被种种车轮碾过,随即被雨水冲去上面的污迹,车轮又滚过来了。秋天,就这样随着雨水在马路边淌走了。

　　不能设想一座城市里没有河。苏州这座城市河水纵横,所谓"小桥流水人家",所谓"人家尽枕河"。待长了,我才发现这水并不怎么流。不流自然要"腐",但问题也不全在这里。苏州河水人为的污染很突出,你随便往哪座桥上一站就会发现枕河的人家把污水或者别的什么东西泼到扔到河里。如果有菜场靠近河边,小河也就成了吞吐万物的垃圾站。在一个文明愈来愈退化的今天,苏州人相对文明些,外地的朋友一来就要称道。但我觉得苏州的精神退化的一个最重要的特征,就是不再把河当作河。那些重新治理了的河水又会怎样呢?

　　虽说流水不流,但我还是那样地喜欢水巷。从我所在的这个校园后门出去不远便是那条叫"干将"的马路,马路的南侧就是横贯东西的水巷。以前到校外去,我们都很喜欢出了北校门就左拐,过了桥,沿着河边走百把米,再左拐就进了人家的院子,院子与院子之间没有围墙因而也就成了"之"字形的小路。从这里走过的差不多都是我们这所学校的学生。出了院子就是一座桥，站在桥上你就知道什么叫水巷。因而有不少美院的学生到这里来写生。早上出去跑步，避不开向阳的马桶；晚上回来，人家就在院子里吃饭，当时视而不见现在想起来那些桌子上的菜往往是毛豆、茭白、蹄膀、马兰头和臭豆腐干。在这座城市待长了又走多了这样的院子，你会对潮湿的气味特别地敏感，你甚至会觉得那散发的湿漉漉的气味就是这座城市的呼吸。我走过的这些院子和我后来到过的那些院子，都长着大大小小的树，因为雨水多而缠绵，树的绿色几乎也是潮湿的绿，而足迹不到的地方几乎都铺满了青苔。夕阳从树的枝叶的空白处漏到青苔里。我喜欢在这个时候停下来，踩一踩青苔里的夕阳。在我少年的生活中，也就是在青苔里有了夕阳时，我站在长满青苔的石码头上，提着两个小的水桶往家里担水。那时还没有现在这样的污染，水桶里有时会有小鱼，捉出来，用火剪放到灶膛里一烤，滋味近于现在餐桌上常见的小的凤尾鱼。当雨天从这些院子走过时，我的一个奇怪的念头是，走到人家的房间里去，打开他家的箱子，我想闻闻箱子里的味道。千年以前这座城市就是这样的味道。到了一座城市，你如果只从熙熙攘攘的马路走过，未必算真正到过这座城市。城市的灵魂常常散落在小巷的深处庭院的角落。我不知道别人是否有这样的感觉？

现在很少有这样好穿过的院子了。干将路已经重建。不仅是我们这些异乡人，老苏州们对苏州也会有陌生感。世界就是这样，你会熟悉愈来愈多的东西，但熟悉的东西又会愈来愈少。

城外有湖。有一天，我站在太湖大桥上说，这就是太湖。北京的朋友说，以前一提到太湖就想起无锡。现在许多苏州人为此而有"醋意"。能够想起太湖，真好。疏远太湖是个错误。但一个城市愈来愈靠近太湖也许又是个错误。太湖不能成为园中之湖，愈来愈多的什么度假区正在把太湖变成园中之湖。这有些可怕。北京的朋友说他很喜欢太湖水的颜色。傍晚的太湖水不绿，似乎更近于本色。那几天有台风袭击，太湖上不见风帆，太湖里只有太湖，没有别的。读大学时，我们挤上公共汽车，去吴县东山看太湖。东山盛产橘子，我们去时，橘子在似红非红之间。同学都说有诗意，差不多全进了橘园，我则独自坐在湖边。当时我神经衰弱得厉害，校医建议我不要学中文，好像是说学中文本来就容易神经衰弱，你已经神经衰弱再去学中文那要衰弱到什么程度？我心情颇为黯淡，坐在湖边，想着脑子就是湖，水浑了就是神经衰弱，水清了脑子也就清了；又想着秋水是否与长天一色。那天天不长，断云片片，极目处断云似乎傍着湖水在睡觉。这样想觉得好笑，神经衰弱的人夜里睡不好觉，白天呵欠连天，我是把那云当着自己了。于是想起辛弃疾"鹅湖归，病起作"的《鹧鸪天》："枕簟溪堂冷欲秋，断云依水晚来收。红莲相倚浑如醉，白鸟无言定自愁。书咄咄，且休休，一丘一壑也风流。不知筋力衰多少，但觉新来懒上楼。"我后来对朋友说，情绪不好时看太湖最宜，听的人都很诧异。现在再去看太湖，我喜欢从湖中看自己的眼神。

也许，一座城市就是一首歌。有这种感觉或者用这样的比喻来描述城市的想必不少，而知识分子（当然包括作家）和日常生活中的"市民"（我不想在贬义层次上使用这一词，随着现代化的推进，"城市"以及她的"市民"都需要重新定义）的区别，就在于知识分子能够站在某一个角度来倾听、辨析城市的旋律。我们已经无法拒绝"城市"而且也没有充分的理由以"乡村"作为参照系来审判"城市"，然而这不等于说，以"融入"的姿态生存就能够重构"城市"及"市民"；因此，适当的疏离并保持知识分子的价值取向在今天是十分重要的。融入而又疏离，将使我们获得关于城市的新的理性和情怀，从而使我们的思想或文学的成果不至于沦为作为城市消费的流行歌曲。

后记

这几年我在《收获》《钟山》和《雨花》陆续发表了一些散文，前两个专栏写上世纪三四十年代知识分子，《雨花》以"时代与肖像"为名写了我对乡村生活的记忆。我在两个不同的时空中出入，它们交叉融合，构成了我的精神生活的一部分。尽管当下语境对写作的影响是深刻的，但过往的生活特别是精神生活仍然具有独立的意义。现在这本散文集以《雨花》的专栏文章为主，又收拢了我以前关于乡村生活的部分散文，合而为一。特别感谢江苏凤凰文艺出版社李黎兄的督促，才有了现在这样的面貌；特别感谢《收获》主编程永新、《钟山》主编和《雨花》主编朱辉三位先生的邀约，让我在学术研究的同时重返散文写作。

我问学之初研究中国现当代散文，后来虽然转向，但与现代散文相关的趣味、语言、修辞等一直散发在我的读书和写作中，对"文章"的热爱不时让我有跨文类写作的冲动。上世纪九十年代中期我出版了一本毛边书《把吴钩看了》，在无所不在的"市场"压力下，大学也浮动起来，我会在夜间用裁纸刀裁开毛边,以这样的动作安顿自己的内心。世纪初年,我回到一度中断的知识分子研究,在《南方周末》开设了专栏"纸上的知识分子"。那个时候差不多一周或两周写一篇,在武汉开会时还特地去了咸宁的向阳湖,坐在车厢里时才隐隐约约听说有什么"非典"了。尽管在向阳湖没有几天,但我在散落的历史细节和现场中对知识分子与民间的关系有了新的理解。其实不仅是我这一代,更早的知识分子比我们经历了堪称严酷的考验,在任何时候,知识分子都面临了如何在时代中自处的问题。这些感受又坚定了我之前提出的一个想法:散文是知识分子精神与情感的存在方式。

想来也真是不可思议,我写作散文最多的时间往往是大灾的日子里。那年冬春之际,大雪几乎压垮了江南,我在书房里看到了围墙上久违的冻丁丁,这个寒假未能回老家过年。我在晶莹剔透的冰冻里看到了我青少年时期的生活景象,我在雪地里等待阳光。写完了长篇散文《一个人的八十年代》后,我在大街上踏雪,看到年轻的我向我走来。现在,我有了相反的感觉,我看到了一个有些苍老的我,而我曾经生活的乡村却在文字中减去了几十岁。《雨花》"时代与肖像"几乎写于庚子初春到仲夏,在几个月的书斋生活中,我又完成了十多年前就起笔的小说《民谣》。在这样的写作生活中,能够在真实与虚构中生活和想象，未尝不是一种幸福。

许多年前，我背着一个木箱，过了村前的大桥，去十里外的公路等候往县城的汽车，再从县城搭乘长途车去苏州。在公路上上车的时候我还没有离乡的感觉，即便在县城车站我也没有伤感。车行百里，在江边上渡船时，我才意识到，那个乡村在我身后了。我很少用"乡愁"这个词，写作"时代与肖像"也不是抒发乡愁，我甚至不知道自己是在写什么。

在这篇后记快要结尾时，我想起一个细节。大学的一个寒假，我夜间从安丰镇踏雪回到村口，在桥南我就听到桥北的父亲和母亲说：王尧回来了。

庚子年六月于苏州